첫사랑

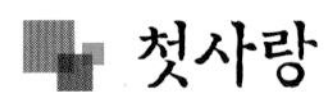

1판 1쇄 : 인쇄 2015년 02월 05일
1판 1쇄 : 발행 2015년 02월 10일

지은이 : 김부배
펴낸이 : 서동영
펴낸곳 : 서영출판사

출판등록 : 2010년 11월 26일 제25100-2010-000011호)
주소 : 서울특별시 마포구 서교동 465-4, 광림빌딩 2층 201호
전화 : 02-338-7270 팩스 : 02-338-7161
이메일 : sdy5608@hanmail.net

그　림 : 박덕은
디자인 : 이원경

ISBN 978-89-97180-41-7 04810
ISBN 978-89-97180-00-4(set)

첫사랑

2015 • 서영

김부배 시인의 시집 출간을 축하하며

김부배 시인은 사업가다. 지금도 여행사를 경영하며 활발하게 사회 활동을 하고 있다. 특히 여행을 몹시 좋아하여, 기분 전환 겸 해외여행을 자주하는 낭만파이다.

하루는 인터넷 속에서 한실 문예창작 지도 교수이자 화가인 나의 시와 그림을 접한 적이 있었는데, 이때 남다른 호기심으로 호감이 넘치는 댓글들을 남겨 주었다. 이게 인연이 되어, 서로의 취미와 감성을 알게 되었고, 한실 문예창작 수업과 시화전과 그림 전시회까지 같이 참여하게 되는 기쁨을 안았다.

어느 날, 우연히 시집 발간에 도전해 보는 게 어떠냐는 제안을 했다. 한 번도 꿈꿔 보지 않은 세계여서, 두렵다고 했다. 그런데 하루는 습작시를 문자로 보내왔다.

외로울 땐
이렇게 편지를 써요

거기 누구 없나요

내 손잡아 줄 사람

마구 써 내려 가도
내 마음 한구석은
늘 텅 비어 있어요

사랑에 굶주린 나
애타게 불러 봐요

내 가슴속 빈자리
채워 줄 그런 사람
어디 없나요

나랑 호흡이 잘 맞고 존경하고
또 내 맘 아낌없이 정성껏 줄 수 있는
그런 멋진 사람
어디 없나요.

- [어디 없나요] 전문

제법 리듬도 갖춰졌고, 시적 형상화도 이뤄져 있어 놀라웠다. 무엇보다도 이미지가 자리하고 있어, 시인으로서의 가능성을 엿보게 했다.

이 시에서 시적 화자는 사랑에 굶주려 있는 것 같다.

그래서 가슴 한구석이 늘 텅 비어 있다고 느낀다. 이 때문에 외로움에 갇히게 되고 마음이 무겁다.

이런 시적 화자는 손을 내민다.

'손잡아 줄 사람', '가슴속 빈자리 채워 줄 사람', '호흡이 잘 맞는 사람', '존경할 수 있는 사람', '자신의 맘을 아낌없이 정성껏 줄 수 있는 사람'을 찾고 있다. 그런 사람을 시적 화자는 '멋진 사람'이라고 승화시킨다.

'멋진 사람'이 필요한 세상을 강조하고 있다.

이 세상은 점점 멋이 없어져 가고 있는 듯하다. 진실과 순수와 낭만과 자유로부터 조금씩 아니 대폭 멀어져 가고 있는 것 같다. 날이 갈수록 무엇이 진실인지, 무엇이 순수인지, 무엇이 낭만인지, 무엇이 자유인지, 정말 멋있는 삶이 어떤 것인지를 모르는 것 같다. 그래서 함부로 말하고, 함부로 매도하고, 함부로 피해를 주고 상처를 입힌다. 국가도 몇 사람에 의해 짓밟혀지고 있는 현실 앞에서, 슬픔에 앞서 참담함을 경험하게 된다.

이런 세상에, 시적 화자는 이 시를 통해 '멋진 사람'이 나타나 주기를 소망하고 있다. 어쩜 이 소망은 우리 모두의 소망이 아닐까. 이 세상이 좀더 가치 있고 좀더 아름답고 좀더 멋지려면, 이 시적 화자의 원하는 바가 이뤄져야 할 것으로 보인다.

내친김에, 김부배 시인의 시 세계를 행복한 시선으

로 탐구해 보도록 하자.

산마다
불이
타네

내 마음도
덩달아
곱게 타네

님 생각에
하염없이 시간만
흘러가는데

이 좋은 가을날
함께하였으면
얼마나 좋을까

그리움으로
지칠 대로 지친
내 가슴속에서
활활 타네.

- [단풍 · 1] 전문

이 시에서 시적 화자는 사랑의 추억을 간직하고 있다. 한때 열정적인 사랑을 했건만 지금은 함께 지내지 못하고 떨어져 있다. 하루도 마음 편할 날이 없다. 님 생각에 하염없이 흘러가는 시간 야속하기만 하다. 그런데 산야는 단풍으로 불타고 있다. 단풍은 님과의 고운 추억을 떠올리게 하고, 잠시 행복에 젖게 한다. 단풍으로 시적 화자의 가슴은 곱게 타오른다.

아직도 곱고 아름답게 간직하고 있는 님과의 사랑은 변질되지 않고 원형 그대로 잘 보존되어 있다. 마음 가득 '함께했으면 좋겠다'는 생각으로 차 있지만, 현실은 쓸쓸한 바람만 분다. 되돌아보면 무수한 그리움으로 지칠 대로 지쳐 있는 시적 화자, 그럼에도 불구하고 내면의 사랑은 여전히 활활 불타오르고 있다.

여기서 우리는 사랑의 본질을 배우게 된다. 사랑은 역시 함께하는 것이다. 아무리 좋은 사랑도 떨어져 있으면 가치가 없다. 늘 함께하는 사랑이 최고다. 좋으나 궂으나, 고울 때나 미울 때나 가까이 있어 도와줄 수 있고, 화를 내도 다툴 수 있는 곁에 있다면 그게 천국인 것이다.

흔히들 죽음 이후의 세계를 그리워하는 이들이 있다. 그들에게 이 시는 따끔한 메시지를 던져 주고 있다. 저승이 아니라 여기 이승에서, 미래가 아니라 현실에서, 내일이 아니라 지금, 우리는 사랑하는 사람과 함께 손잡고 오순도순 살아가는 게 최상의 행복임을 알아야 한다.

보고 싶은 사람이
있습니다

행여 오늘은
오지 않을까

그리움의 향기 타고
너울너울

오늘도
오늘도

헤어나지 못하고
애달픔만 남아

설렘으로
늘 애타하며

선율에 마음 실어
고이 간직합니다.

- [기다림] 전문

이 시의 시적 화자는 어느 누구를 애타게 보고 싶어 한다. 행여 오지 않을까 오늘도 기다리는 걸 보면, 두 사람의 사이가 아예 끊긴 건 아닌 듯하다. 그리움의 향기도 남아 있다. 그 향기 타고 너울너울 날아가고 날아오며 사랑을 전하고 있다. 오늘도 오늘도 이렇게 두 번 강조하는 걸 보면, 과거가 아니라 오늘, 미래가 아니라 오늘, 사랑을 하고 사랑을 만지며 사랑을 꾸려 가고 싶은 간절함을 엿볼 수 있다. 그런데 가슴속 깊은 곳엔 애달픔만이 쌓여 가고 있다. 그래도 포기할 수 없어, 설렘으로 애타하며 선율에 마음 실어 기다림을 고이 간직하고자 한다.

시적 화자의 마음이 참 곱다. 사랑의 본질에 대해 잘 알고 있는 듯한 시적 화자가 오히려 부럽다. 사랑에 대해 얄팍한 해석을 내리고 쉽게 버려 버리는 현대인들에게 조용한 경종을 울리고 있는 시, 사랑은 이처럼 조용히 기다리는 것임을, 설렘으로 늘 애타하며, 선율에 마음 실어 기다림을 고이 간직하는 것임을 속삭이듯 가슴에 던져 주는 시, 한 번쯤 사랑에 대해 진지하게 생각하게 하는 시라고 여겨지기 때문이다.

이 시에서는 이미지 구현도 자연스레 이뤄져 있다. '그리움의 향기 타고 너울너울'에서 추상(그리움)과 구상(향기, 타고, 너울너울)의 조화, 후각적 이미지(향기)와 시각적 이미지(타고, 너울너울)의 조화, '선율에 마음 실어 고이 간직합니다'에서 구상(선율)과 추상(마음, 기다림), 청각적 이미지(선율)와 시각적 이미지(실어, 간직합니다)의 조화를 통해 시적 형상화를 한층 강화시켜 놓고 있다.

그대 있음에
내가 있어라

그대를
만나고부터

아아
그리워라

그대를
알고부터

아아
외로워라

그대를
사랑하고부터.

- [사랑의 법칙] 전문

이 시에서 우리는 사랑의 법칙 하나를 배우게 된다. 사랑이 시작되면, 그대와 나는 하나가 된다. 그대가 있음에 내가 있고, 내가 있음에 그대가 있기 때문이다. 그래서 늘 그립다. 늘 설레고 늘 행복하고 늘 축복이다. 그런데, 이상한 것은 그대를 알고부터 외로움도 생겨났다. 이 이상한 법칙을 어떻게 해석해야 한단 말인가. 그대를 만나고부터 행복했고, 그대를 알고부터 외로웠으니, 이게 사랑의 법칙이란 말인가.

이 사랑의 법칙을 아주 간결한 시어 배치를 통해, 시적 형상화를 이뤄 놓고 있어, 독자는 행복하다. 그러면서도 내면에는 뭔가 모를 긴장감을 갖게 된다. 사랑이 그리움과 외로움을 동시에 데려온다는 사실을 알게 되면, 이후 연인들은 다소 겸허해지지 않을까. 시가 인류를 겸허하게 만들 수 있다면, 최고의 임무 수행을 한 것은 아닐까.

이 세상엔
내가 존경하고
사랑할 수 있는
님이 있어 좋다

하늘 바라보고 있노라면
어느새 달콤함이

님에게로 날아가 있다

생각하면 할수록
그리워지는 님
오늘도 나는
행복의 나래를
활짝 펴서 난다

고이 바치고픈 그리움
님의 창가에
살포시 놓아두고 오려고.

- [오늘도 나는] 전문

이 시의 시적 화자 역시 사랑을 알고 있다. 마음 바탕에 존경심이 깔려 있어 더욱 이쁜 사랑이다. 흔히들 존경 없는 사랑에도 무모한 돌진을 하는 사람들이 많다. 하지만 이 시는 존경 위에 사랑을 쌓기를 바라고 있다.

하늘만 바라봐도 님 생각에 젖는 시적 화자, 달콤함에 젖어 님에게로 날아가곤 한다. 생각할수록 더욱 그립고 좋은 님, 시적 화자는 오늘도 변함없이 버릇처럼 행복의 나래를 활짝 펴서 님에게로 날아간다. 고이 바치고픈 그리움을 님의 창가에 살포시 놓아두고 오려고 날아간다.

시의 마무리가 참 이쁘다. 이게 시의 감미로움이 아닐까. 시는 강렬한 시어로, 칼날 같은 시어로 독자의 가슴을 파고드는 게 아니다. 이처럼 감미롭고도 부드러우며 은은한 시어와 이미지로 독자의 마음속 깊이 들어갈 수 있다. 미처 저항하기도 전에 시의 이미지는 독자의 감성 속으로 흘러들어가, 무의식의 세계부터 소르르 무장 해제시켜 버린다.

이 시는 이 세상의 시가 어떠해야 하는지를 조용히 강론하는 듯하다.

이 늦가을에
당신이
그립습니다

속마음
전하고 싶은
그리움이 있기에

거실에 앉아
베란다 밖
파란 하늘 바라봅니다

해맑은

당신의 영혼까지도
빼앗아 오고 싶어

내게로 와 준다면
온전히 독점하고 싶어
이렇게

애달프게 속으로만
간직한 채
으렁으렁 울부짖습니다

낭만 듬뿍 담은
가슴속 깊이
당신을 꼬옥 품고 싶어서.

- [사랑 고백] 전문

이 시의 시적 화자는 도시에서 살아가는 현대인이다. 베란다 밖의 가을 하늘을 쳐다보며, 그리움에 젖어 있다. 무엇보다도 사랑하는 님의 해맑은 영혼을 빼앗아 오고 싶어한다.

왜 해맑은 영혼일까? 자신의 영혼은 이미 둔탁하게 흐려져 있단 말인가. 도시에 살면서 순수한 영혼, 맑은 가슴, 순결한 마음 등을 빼앗겨 버린 탓에, 기회만

되면 님의 해맑은 영혼을 빼앗아 오고 싶어하는 걸까. 그것도 독점하고 싶어, 으렁으렁 울부짖고 있다. 하지만 애달프게 속으로만 간직한 채 갈망하고 있다. 현실화될 수 없는 사랑이라는 걸 알 수 있다. 그런데도 시적 화자는 낭만 듬뿍 담은 가슴속 깊이 님을 품고 싶어 애타하고 있다.

여기서 우리는 시적 화자가 낭만을 소중히 여기는 존재로 변화하고 있음을 보게 된다. 어찌 보면, 여기서 낭만은 유일하게 시적 화자와 님과의 소통 요소가 되고 있는 듯하다. 낭만마저 없다면, 현실화될 수 없는 사랑이기에, 영영 포기할 수밖에 없다. 낭만이라도 곁에 있어, 아니 가슴속 깊이 자리하고 있어, 님과의 상상적 사랑이라도 가능하게 하는 건 아닐까.

이른 새벽부터
왠지 맘이 설렌다

미래와
손잡아서일까

생각하면 할수록
그리운 사람이 있다

그 이름 되뇌이면
가슴 벅차오른다

보고픈 마음이
진해서일까

구름 하나 없는
가을 하늘도
몸을 부르르 떨고 있다.

-[이게 사랑이나 봐] 전문

이 시에서 시적 화자는 이른 새벽 깨어나자마자 마음이 설레고 있다. 무엇 때문일까. 미래와 손잡아서일까. 과거가 아니라 현재가 아니라, 어쩌면 일어날지도 모르는 미래에 기대를 걸 수 있기 때문일까. 무엇 때문일까. 생각하면 할수록 그리운 사람이 있어서일까. 님의 이름 되뇌이면 가슴이 풍선처럼 벅차오르기 때문일까. 보고픈 마음이 너무나 진해서일까. 과연 그런 것들 때문일까.

이때 시적 화자는 하늘을 올려다본다. 구름 하나 없는 가을 하늘이 보인다. 그런데 어찌된 일인가. 가을 하늘도 시적 화자처럼 몸을 부르르 떨고 있는 게 아닌가. 여기에 시의 매력이 담겨 있다.

출발은 시적 화자였고, 그리워하고 보고파 하는 것도 시적 화자였는데, 끝 연에 와서 시적 화자의 내면이 가을 하늘의 내면으로 바뀌져 있다. 이 속에서 시심의 마술이 시작된다. 가을 하늘이 몸을 부르르 떨고 있는 모습을 보고, 시적 화자 뒤에 서 있던 독자들은 가을 하늘과 하나됨과 동시에 시적 화자의 내면을 공감해 버리고 마는 것이다.

이게 시가 노리는 고도의 수법이다. 이 통로를 통해 나아가야만, 시의 특질을 만날 수 있다는 것을 왜 많은 이들이 눈치채지 못하는 걸까.

무섭기만 하다
고요가 침묵 위로 흐른다

한 치 앞도 보이지 않는
적막함 속에서도
원주민들은 잘도 다닌다

대나무로 엮어 지은 집
하늘이 다 보이는 천장 아래
한가로이 모닥불만 타고 있다

모든 게 그저 적당히

고요도 적막도 적당히

흐르는 물소리만
지나치리만큼
애달프게 들릴 뿐

한밤중에 하늘 쳐다보니
별들만 빼곡히 반짝반짝

저 별들처럼 낭만 안고
온 세상 내려다보며 살고 싶다.

- [정글에서의 하룻밤] 전문

김부배 시인의 취미는 여행이라서, 여행을 소재로 하는 시를 안 쓸 수 없었을 것이다. 이 시집 속에서도 여행시가 26편이나 된다.

이 시에서 보는 바처럼, 그녀의 여행시는 꾸밈이 전혀 없다. 마치 일기처럼, 마치 기행문처럼, 진솔하게 펼쳐놓고 있다. 자칫하면, 산문으로 치우칠 우려가 없지 않으나, 도중 도중 끼워 넣는 시적 형상화와 이미지 구현이 전체의 흐름을 시쪽으로 끌어당기고 있다.

이 시에서도 시적 화자는 고요가 침묵 위로 흐르고 있는 정글을 바라보고 있다. 호기심과 두려움을 간직한 시적 화자의 시선은 적막함과 어둠 속에서도 잘도 다니는 원주민, 대나무 집, 하늘이 보이는 천장, 모닥불이 타고 있는 집안을 관찰하듯 훑고 있다. 그러다 한 가지 깨달음을 얻는다.

정글에서의 삶은 모든 게 적당히, 고요도 적당히, 적막도 적당히라는 것이다. 정글 속으로 흐르는 물소리만 애달프게 들릴 뿐, 모든 게 적당히 주어져 있고 적당히 흐르고 있다.

시적 화자의 눈길은 저절로 하늘로 향한다. 하늘에는 별들만 빼곡히 반짝이고 있다. 그 별들을 바라보면서, 시적 화자는 비로소 '낭만 안고 세상을 내려다보며 살고 싶다'는 생각을 하기에 이른다. 지금까지 품고 살았던 세상에 대한 욕심, 소망, 가치가 한순간에 사라져 버린 듯, 현대인들이 진정 추구해야 할 게 무엇인지 되돌아보게 해주며, 시는 끝난다.

시의 가치는 바로 이런 것이다. 이 시에서처럼, 주제를 노출하여 강요하지는 않지만, 인류가 어디로 향해 가야 하는지, 어떻게 살아야 하는지, 어떤 가치를 지향해야 하는지를 은은히 알려 주는 깃발 역할을 해야 하지는 않을까.

동말레지아 사와락
정글 깊숙이 자리잡은

평화로움

그 양지바른 곳에
모여 사는
순수

그날은
왜 그렇게도 세차게
장대비가 쏟아져 내렸는지

내 온몸을 목욕시키고
내 맘까지도 흠뻑 적셔

심지어
고요와 잠잠함까지도
훔치듯 적셔 버렸다네

어느덧 저녁이 되어
그들과 마주하고 보니

소녀 같은 처자가 아기를 안고
있는 그대로 젖을 물리고
있었네

바라보기가 안쓰러워
그만
눈길을 돌리고 말았네

어린 나이에 결혼해
40살이면 환갑이지만

그래도 정글이 좋아
정글에서 산다네.

- [이반족] 전문

이 시의 시적 화자는 동말레시아 정글로 가고 있다. 거기서 양지바른 곳에 모여 사는 순수를 만나게 된다.

그날따라 장대비가 쏟아졌다. 장대비는 시적 화자의 몸과 맘과 고요와 잠잠함까지도 적셔 버렸다. 여기서 만나는 시적 형상화가 참 좋다.

'양지바른 곳에 모여 사는 순수'로 이반족을 그렸다는 점, 장대비가 몸, 맘, 고요, 잠잠함 등을 훔치듯 적셨다는 점 등은 아주 좋은 표현이다.

시적 화자는 저녁때 어린 소녀가 아이를 낳아 젖을 물리고 있는 모습을 보고 눈길을 조용히 돌리면서, 이색 문화에 대해 잠시 생각에 잠긴다. 너무 일찍 결혼해, 나이 40살이면 환갑이 되어 버리는 이반족, 그래도 정글이 좋아 정글에서 사는 이반족에 대해 이해의 가슴을 내놓게 된다.

여행담을 시적 형상화로 이뤄놓고, 여기에 각 민족의 얼과 꿈과 문화에 대한 이해를 얹어가는 시인의 가슴과 시선에 박수를 보낸다.

눈꽃송이로
옷 입고 있는
너

너의 교만함이
끝이 없구나

지구 저 멀리서 온 이들을
가만히 앉아서만
맞이하다니

네 얼굴 좀 보려고 오는
그 많은 이들에게
어찌 그리도 숨쉬기조차도 어렵게 하느냐

도대체 네가 얼마나 대단하기에

이리 힘들게 한단 말이냐

너를 안고 싶어서
네 속살까지도 보고 싶어서 너를 정복하고 싶어서
온 우리들이 못마땅한 거니?

- [안나푸르나] 전문

이 시에서 시적 화자는 안나푸르나에게 말을 걸고 있다. 의인화를 통해, 시적 형상화를 이뤄내고 있다. 눈꽃송이 옷을 입고 있는 산, 교만하기 그지없는 산, 멀리서 온 관광객들과 등산객들을 가만히 앉아서만 맞이하는 산, 얼굴 보러 온 이들을 힘들게 하고 숨쉬기조차 어렵게 하는 산, 이 산에게 시적 화자는 한마디 쏘아붙이고 있다.

'왜 그러냐'고. '너를 안고 싶어서, 네 속살까지도 보고 싶어서' 온 이들을 왜 그렇게 푸대접하느냐고. 그러다가 내지르는 마지막 한마디. '산을 정복하고 싶어서 온 인간들이 못마땅해서 그런 거니?' 여기에 뼈가 숨어 있다.

왜 인간들은 산을 정복하려 하는 걸까. 등정 중에 목숨을 잃은 수많은 산악인들, 소중한 목숨까지 잃을 만한 가치가 있어 산을 정복하려는 걸까. 산은 오늘도 정복하고자 하는 이들에게 한마디하고 있다.

"산은 정복되는 게 아니다. 정복을 꿈꾸는 인간들이여, 산과 나라와 물질을 정복하고자 하는 사람들이여, 이제 그만 할지어다, 더 늦기 전에 너희 자신, 너희 마음이나 정복하길 바란다."

이 시의 시적 화자는 이 말을 해주고 싶었던 건 아닐까. 이 시간 묵묵히 산과 하늘과 역사를 바라본다. 그리고 이쁜 시들을 모아 놓은 이 시집 속으로 들어가, 잠시 시심의 보드라움과 고요, 낭만과 자유, 진정한 행복과 삶의 가치 등을 맛보려 한다.

다시 한번 김부배 시인의 시집 출간을 축하한다. 정말 신나는 일이지 않은가. 각자 자기 직장, 직업, 삶에 충실하면서, 이렇게 시를 쓰고, 시집을 펴내며 살아가는 삶, 멋지지 않는가.

앞으로도 김부배 시인의 시들이 줄줄 흘러나와 제2시집 제3시집으로 쭉 이어져 가길 소망해 본다. 시집을 내며 살아가는 시인들의 고운 마음을 모아 아름다운 축복의 박수를 보낸다.

-함박눈이 내려 골목마다 산야마다 낭만의 환호성이 펑펑 쏟아지는 날에

한실 문예창작 지도 교수 박덕은

(문학박사, 문학평론가, 시인, 소설가, 동화작가, 수필가, 사진작가, 화가)

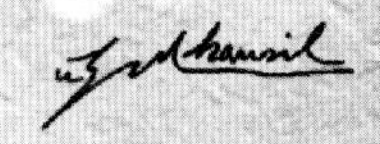

작가의 말

시를 사랑하고 아끼며 살아가는 나는 참 행복한 사람입니다.

그 무엇과도 바꿀 수 없는 이 기쁨 어디다 비교하랴.

나이 먹어 얻은 시 부문 신인문학상이라는 선물도 귀한데, 이렇게 시집까지 발간하게 되다니!

내 마음 한없이 설렙니다.

나의 이 영광은 그야말로 행운 중의 행운이겠지요.

그동안 묵묵히 바라보며 격려와 인내로 이끌어 준 한실 문예창작 지도 교수 박덕은 박사님의 훌륭한 지도 덕택에 오늘의 내가 있는 것 같습니다.

생각하면 할수록 꿈만 같습니다. 내가 쓴 시가 영원히 이 땅에 남아 있을 테니까요. 기쁘고 즐겁습니다.

시집에 새긴 대로 아름다운 감성이 영원히 우리 곁에 넘실대기를 바랍니다.

앞으로 더 좋은 시들을 발표하여 내친김에 제2시집에 도 도전하고 싶습니다.

오늘 여기까지 내가 시를 쓸 수 있도록 함께해 준 하나님께 먼저 영광을 돌려 드립니다.

또한 지금까지 나를 응원해 주신 모든 분들, 창작 공간까지 마련해 준 나의 가족, 아낌없는 칭찬과 격려를 보내준 한실 문예창작 바로 문학회 문우들에게 고마운 마음을 바칩니다.

정말 감사합니다.

– 찬바람마저 학처럼 곱게 춤추는 겨울 아침에

김부배

祝詩

김부배

박덕은

순수의 호수 돌아 나와
신선한 바람 안고
내려선 계곡의 향기

여러 지구촌에서
보고 익힌 낭만을
한아름 펼쳐놓고

시심의 리듬을 타고
한바탕 눈시울 적시는
학춤을 추네

이제는
외로움의 파도가
밀려오지 않도록

오늘도 해맑게
새소리 스민 노래를
영롱히 읊어대네

거대한 그리움도
옆구리에 곱게 내려놓고
고운 눈길을 보내며

다시는 시리거나
아리지 않을
마음 동산을 향해

가장 진솔한 영혼을
안내자로 보내
미래의 평온을 맞이하네

영원히 안겨 올
고요로운 사랑을
시집 속에 차곡차곡 쌓으며.

차 례

김부배 시인의 시집 출간을 축하하며 - 박덕은 … 4
작가의 말 … 26
祝詩 - 박덕은 … 28

1장 향긋한 가을 고백

정글에서의 하룻밤 … 38
어디 없나요 … 40
단풍 · 1 … 42
단풍 · 2 … 44
SNS 카친들 … 46
아니 벌써 … 48
시심 타령 … 50
난 오늘도 … 52
시화전 … 54
원목 별장 … 56
그날 … 58
늦가을의 고백 … 60
시 … 62
이국땅에서 … 64
가을 고백 … 66
삶 … 68

시 창작 … 70
시심 · 1 … 72
시심 · 2 … 74
한 해를 보내며 … 76

2장 낭만의 입맞춤

추억 … 80
기다림 … 82
사랑아 … 84
감사해 … 86
아이 좋아라 … 88
당신 · 1 … 90
당신 · 2 … 92
사랑에게 … 94
내 사랑 · 1 … 96
내 사랑 · 2 … 98
님은 … 100
어떤 입맞춤 … 102
사랑의 시작 … 104
사랑의 법칙 … 106

오늘도 나는 ··· 108
오늘따라 ··· 110
사랑 고백 ··· 112
연정가 ··· 114
첫사랑 ··· 116
그리움에게 부친 편지 ··· 118
이게 사랑이나 봐 ··· 120
그리움 ··· 122
사랑 ··· 124

3장 여행은 내 사랑

여행 단상 ··· 128
독일 ··· 130
싱가폴 ··· 132
런던 ··· 134
그리스 ··· 136
엘로우 스톤 ··· 138
그랜드 캐년 ··· 140
알링턴 국립묘지 ··· 142
뉴욕 ··· 144

호주 … 146

하와이 … 148

스위스 … 150

티벳 마을 … 152

묘진족 … 154

장족 … 156

캐나다 … 158

이집트 … 160

이스라엘 … 162

요르단 … 164

베네치아 … 166

파리 … 168

터키 … 170

첫사랑

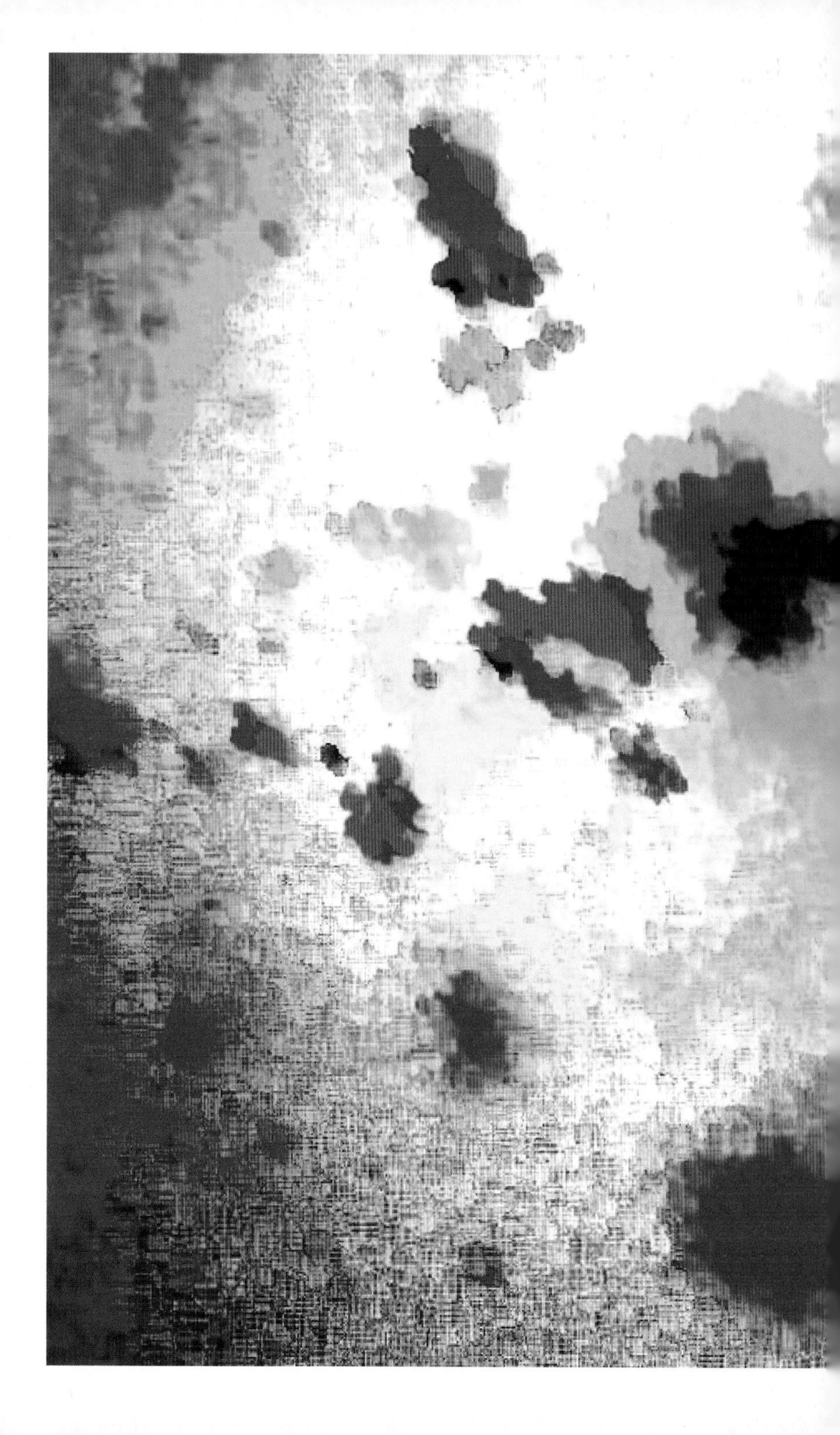

제1장
향긋한 가을 고백

박덕은 作 [사랑 고백](2014)

정글에서의 하룻밤

무섭기만 하다
고요가 침묵 위로 흐른다

한 치 앞도 보이지 않는
적막함 속에서도
원주민들은 잘도 다닌다

대나무로 엮어 지은 집
하늘이 다 보이는 천장 아래
한가로이 모닥불만 타고 있다

모든 게 그저 적당히
고요도 적막도 적당히

흐르는 물소리만
지나치리만큼
애달프게 들릴 뿐

한밤중에 하늘 쳐다보니
별들만 빼곡히 반짝반짝

저 별들처럼 낭만 안고
온 세상 내려다보며 살고 싶다.

박덕은 作 [별들의 낭만](2014)

어디 없나요

외로울 땐
이렇게 편지를 써요

거기 누구 없나요
내 손잡아 줄 사람

마구 써 내려 가도
내 마음 한구석은
늘 텅 비어 있어요

사랑에 굶주린 나
애타게 불러 봐요

내 가슴속 빈자리
채워 줄 그런 사람
어디 없나요

나랑 호흡이
잘 맞고
존경하고

또 내 맘 아낌없이
정성껏 줄 수 있는
그런 멋진 사람
어디 없나요.

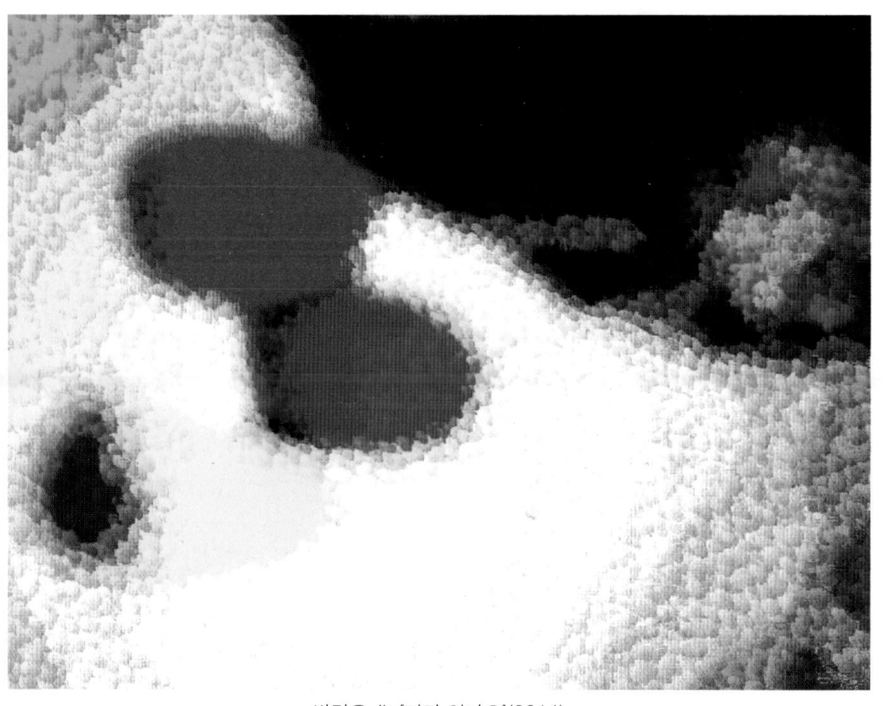

박덕은 作 [어디 없나요](2014)

단풍 · 1

산마다
불이
타네

내 마음도
덩달아
곱게 타네

님 생각에
하염없이 시간만
흘러가는데

이 좋은 가을날
함께하였으면
얼마나 좋을까

그리움으로
지칠 대로 지친
내 가슴속에서
활활 타네.

박덕은 作 [그리움](2014)

단풍 · 2

곱게 물들인
너의 자태가
참 아름답구나

보면 볼수록
어찌 그리
고운지

아스팔트 위까지
낭만으로 수놓아
곱게 단장하고

나 좀 보고 가세요
잠시 머물다 가세요
하네.

박덕은 作 [보면 볼수록](2014)

SNS 카친들

한 해를 보내면서
지나간 추억 속으로
나를 되돌아본다

소중한 하나를 얻기 위해
노력하고 힘써 왔으니
가슴 뿌듯하다

낯선 이들과
서로 교감하며
다정다감 표현하고

직접 만나지는 못했어도
서로 맘으로 소통하며
참 아름답게 그리워하는

다들
하나같이
이쁜 프리랜서들이다.

박덕은 作 [추억 속](2014)

아니 벌써

아슬아슬 조마조마
했던 순간들이 지나고

홀리듯 기쁨 안고
시를 쓰기 시작했네

늘 맘에 고운 시심 담고
생각하고 바라보고

어쩌다 시를 쓰면
신바람으로 춤추며

날개 단 듯 저절로
거리낌없이 술술술

추억과 가슴 하나되어
자꾸 자꾸 달리고

시린 날들 속에
시향이 무르익어

오늘도 빛살 가득 안고
행복 나래 활짝 펴네.

박덕은 作 [시앙](2014)

시심 타령

아련히 들려오는
그리움의 세레나데가
황홀하게 하네

사랑이 있기에
더욱 감미롭고
달콤하게 들리네

내 마음 내 영혼은
벌써 남실거리는
환희에 가득 채워져

머리부터 발끝까지
그대 모습 하나 하나
아름다이 그리고

어느덧 나도 모르게
가슴 깊숙이 빠져들어
함께 노래 부르고 있네.

박덕은 作 [사랑이 있기에](2014)

난 오늘도

향기로 가득 채워진
당신이 있기에
행복합니다

생각하면 할수록
그리움만
더해 가지만

늘 설렘으로
애틋이
바라볼 뿐

그럴수록
정신까지도
맑아집니다

그 향기 갖고
살아가도록
이 손 꼭 잡아주세요

그리고
마지막까지
놓지 말아요

가슴속 깊이
고이 고이
간직하고 살도록.

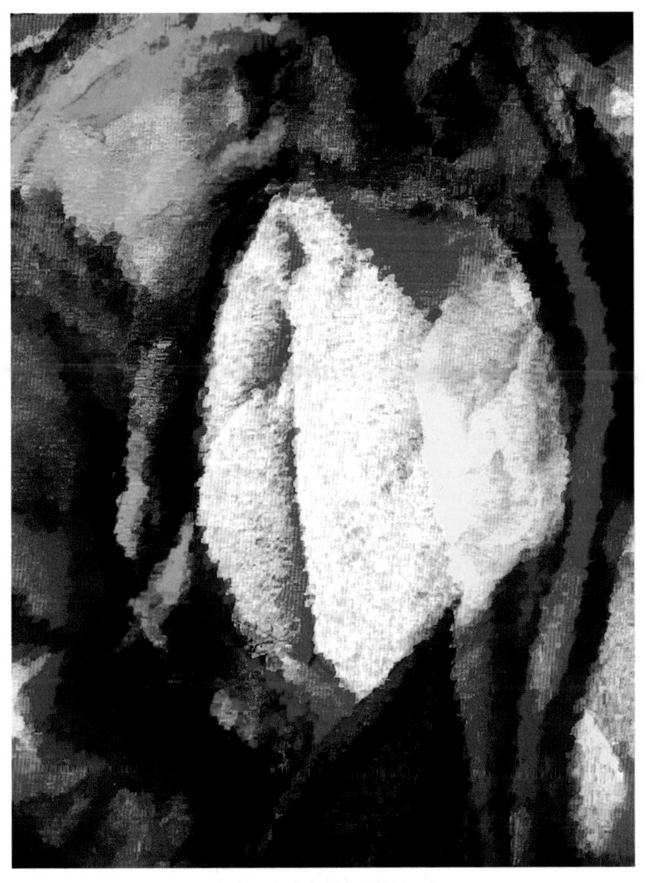

박덕은 作 [바라볼 뿐](2014)

시화전

설렘으로
가득한 날

가을 끝자락에서
난 보았네

낭만 깃들여진
세상을

마음도 덩달아
황홀해져

예술혼 듬뿍
맛보게 되었네

담겨진 그림들
한데 모여

고운 시향에
젖어 젖어

서로 시집오겠다고
윙크하며 유혹하네.

박덕은 作 [설렘](2014)

원목 별장

동화 속에 나오는
요정집처럼
아름다운 곳

사방 산으로 둘러 있고
그 속으로 흐르는
고요가 좋아라

베란다에 나가
멀리 바라보니
산등성이에선
불빛만 반짝반짝

낮에 뜨락으로 나가
철판에 스테이크 구이
감자 옥수수 상추까지
곁들여 먹으니
맛 최고

아

이 행복감
이곳에서 즐기며

낭만 가득 채우는
즐거운 나날들
사랑스러워라.

박덕은 作 [행복감](2014)

그날

영국발 독일행
여정에서 얻은
행복한 날

항공사 직원과의
영어 몇 마디로
제일 넓고 편한
자리 배치를
받게 되던 날

아무나 주지 않는
그 좌석에 앉자
승객들 모두
날 부러워하네

힐끗힐끗
쳐다보는 눈길들엔
부러움 가득

내 가슴엔

엔돌핀이 팍팍 쏟아져
기쁨 가득

어느새 나는
나의 나된 것을
뒤돌아보며

더욱 우아하게
보다 기품 있게
살고 싶어지던 날.

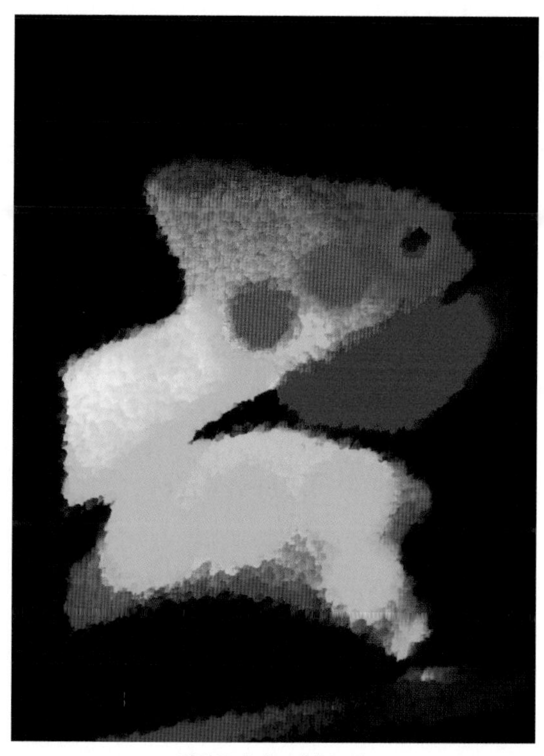

박덕은 作 [그날](2014)

늦가을의 고백

사랑은
주는 것

주는 게
더 아름다워

받는 건
교만해질까 봐
싫어라

사랑은
그냥 좋은 것

몸과 맘과 정성 다하여
조건 없이 바치는 그런 사랑이
더 이뻐라

정신까지 마음속까지 아름다워지니까
속 깊이 사랑할 수 있으니까

받는 사랑은
바라고 기다려야 되니까
싫어라

질투가 생겨
가슴 구석구석
괴롭히니까.

박덕은 作 [늦가을의 고백](2014)

시

나에게
날마다
예쁜 꽃이 되어 주는
당신

어느 날은
수수한 들꽃으로

다른 날은
연분홍 장미꽃으로

때로는
하이얀 백합으로

날마다
내 빈 의자에
살며시 다녀가는
당신

무언으로

얼굴엔 미소만 가득 머금고
나만 바라보네요
부끄러운 듯.

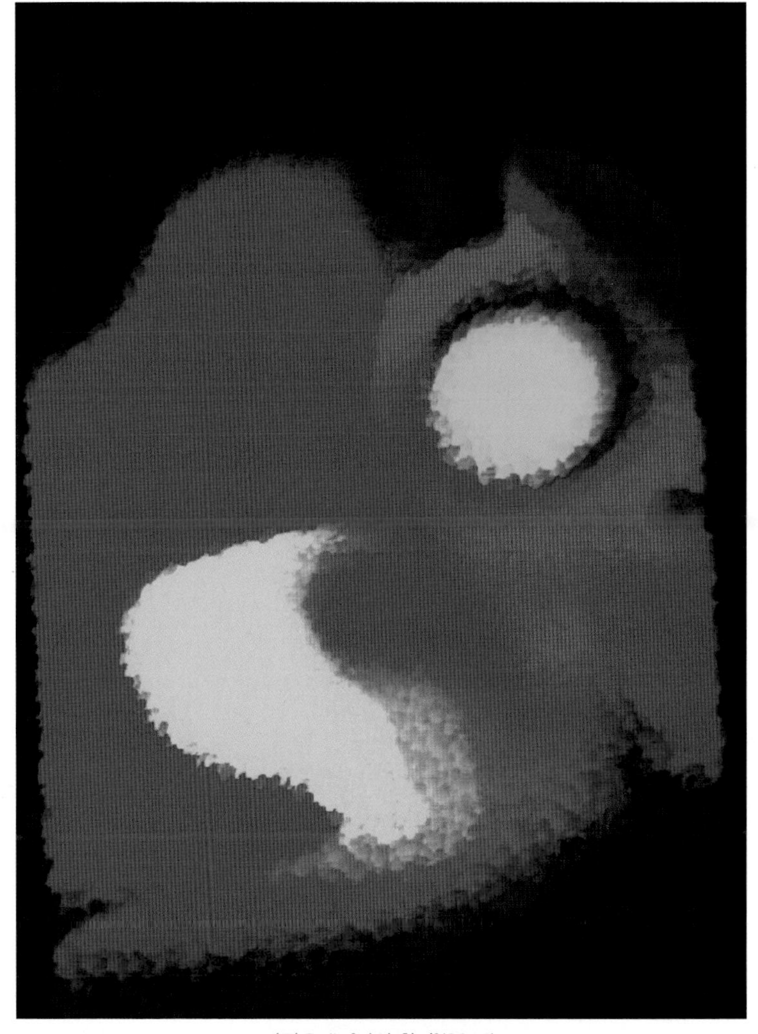

박덕은 作 [시의 향기](2014)

이국땅에서

어느 날
침낭에 몸 맡기고
생각해 본다

욕심은
블랙홀 같아서
끝이 보이지 않는다

잠시
나를
내려다본다

나는 아니야
그런 사람 아니야
절대 아니야

그러자
가을 햇발이
차가운 내 가슴을 감싸 안는다.

박덕은 作 [가을 햇발](2014)

가을 고백

나는
아직 젊은가 봐
정열에 불타고 있네

내 손잡아 주는
낭만도 있어
행복하네

내 인생의 길목에서
처음이자
마지막

결코 나는
이 기회를
포기하지 않아

아무도 모르게
오래 오래
간직할 거네.

박덕은 作 [가을 고백](2014)

삶

참
아름다운 것

버릴 것이
하나도 없네

이 땅을
밟고 사는 그날까지

좋으면 좋은 대로
싫으면 싫은 대로

그냥
받아들이는 거

행복하기도 하지만
불행하기도 하는 거

그렇지만
하나도 버릴 것이 없네

둘 다
한 과정이니까.

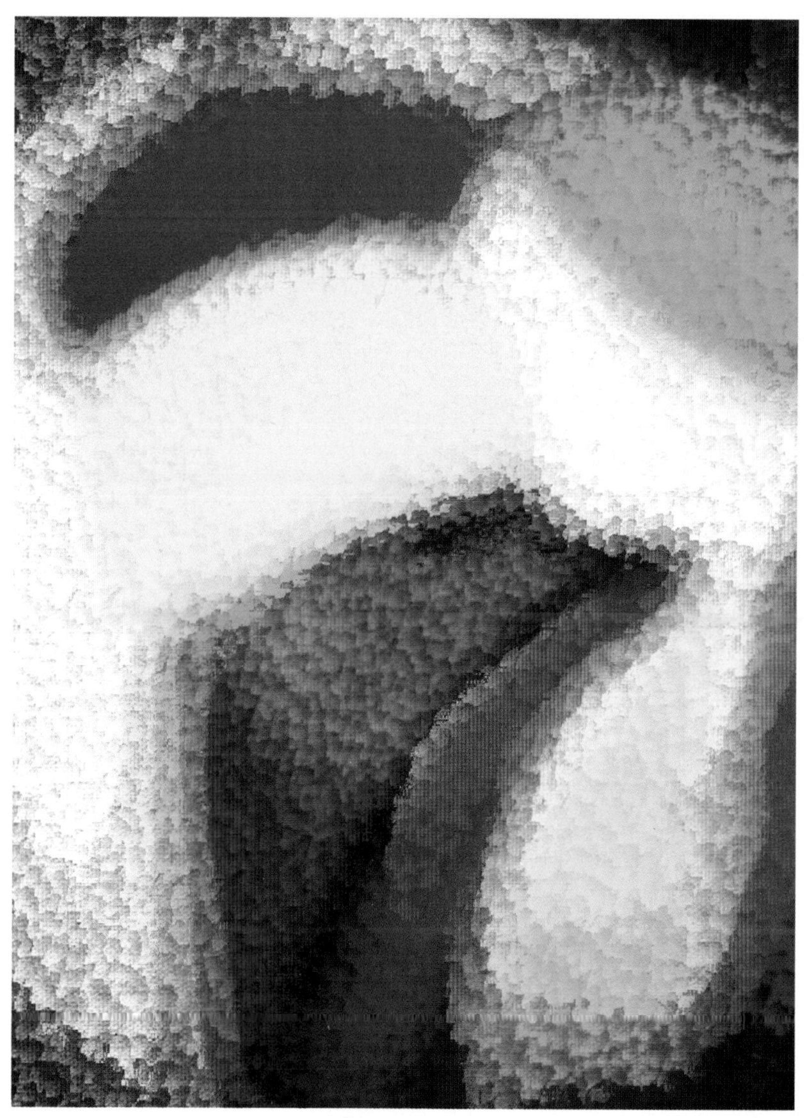

박덕은 作 [삶](2014)

시 창작

추억 속 긴 터널 지나서
이제는 미지의 세계로
달려가고 싶다

혼자서는 외로워
함께 두 손 꼭 잡고
발맞춰 내딛고 싶다

생각하면 할수록
가슴속 깊이 뜨거워져
횃불처럼 활활 타오른다.

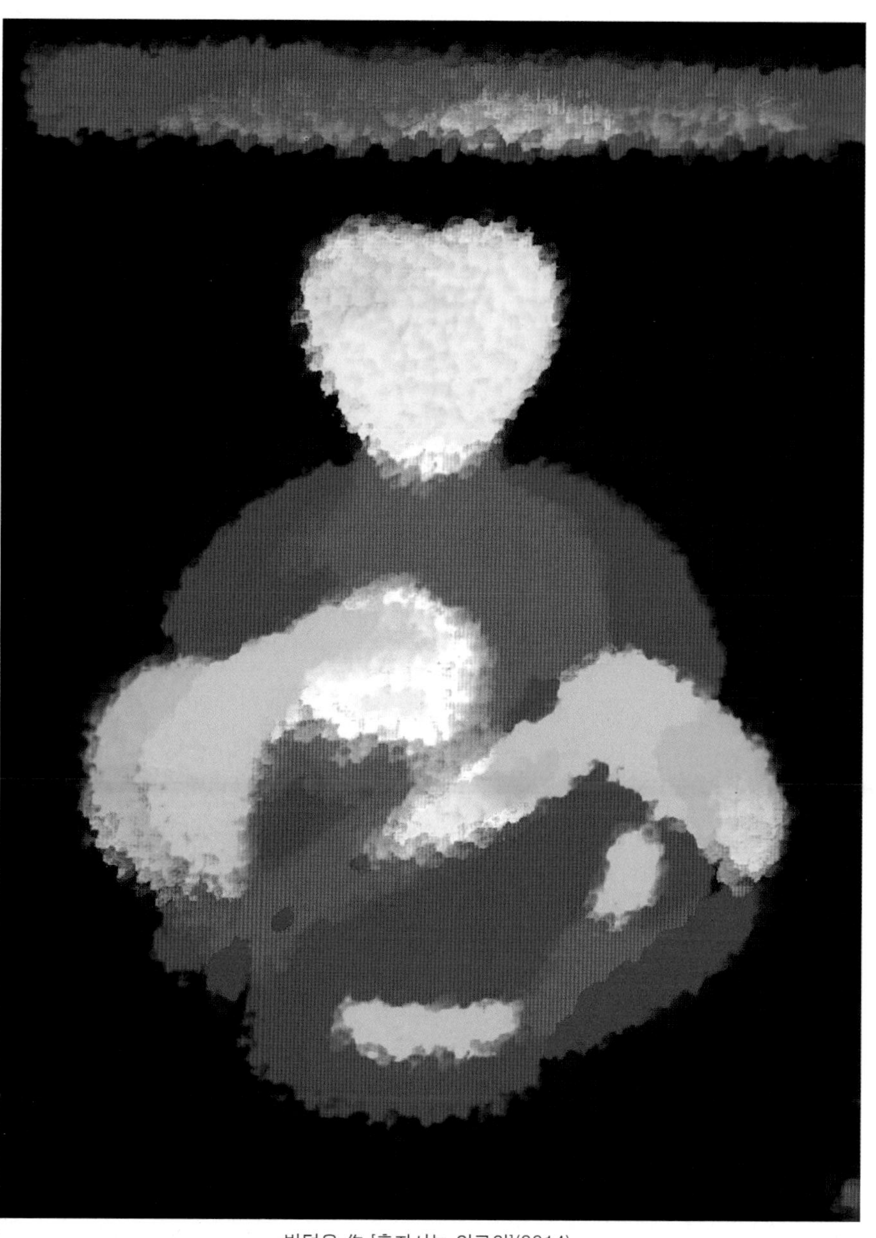

박덕은 作 [혼자서는 외로워](2014)

시심 · 1

그대는
향 나는 님

많은 이들로부터
존경받는 그런 님

날마다 감성으로
서로 교감하며
멋지게 사는 님

외로운 이들에게
행복 심어 주고
느끼게 해주는 님

낭만을 만들어
손에 쥐어 주는
멋진 님

님의
깊이와 넓이는

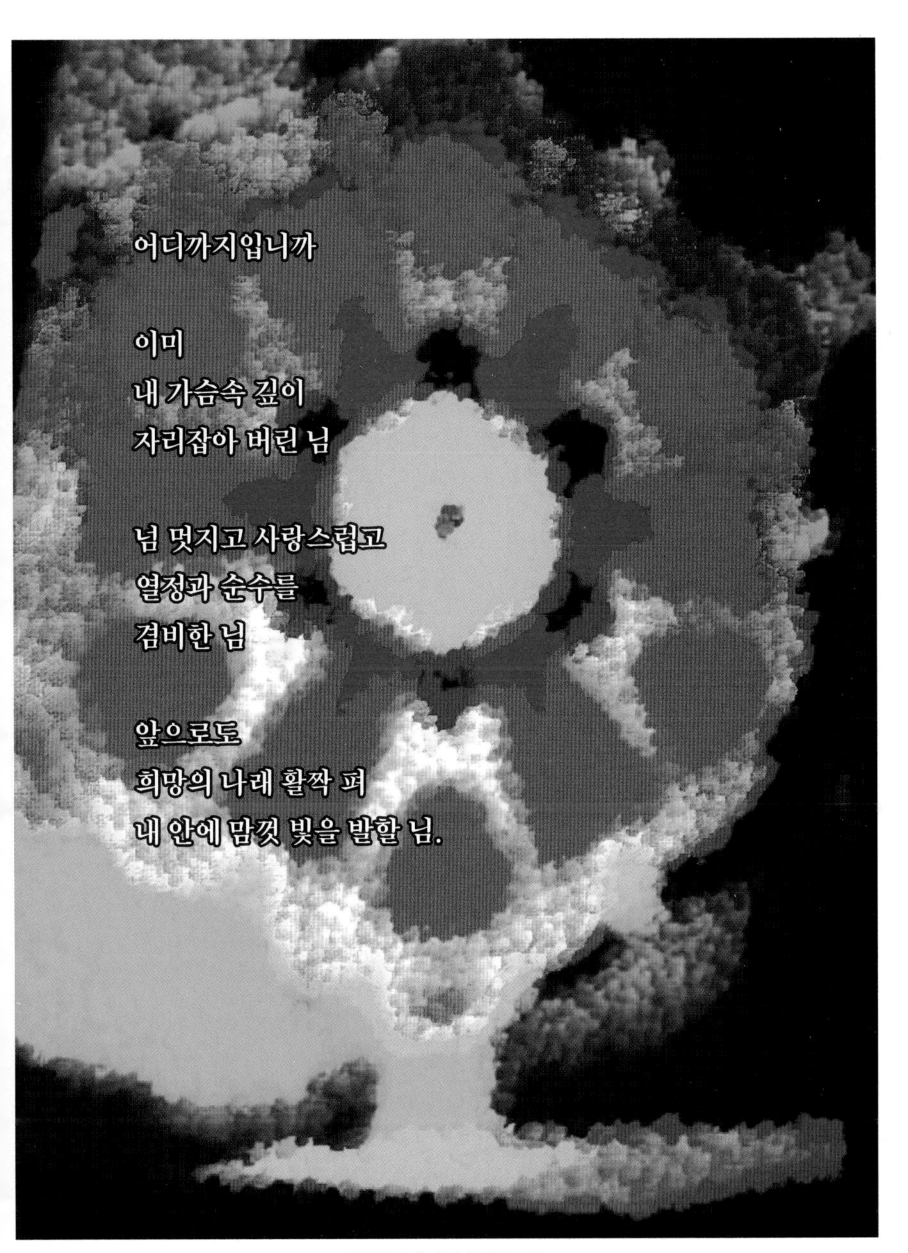

어디까지입니까

이미
내 가슴속 깊이
자리잡아 버린 님

님 멋지고 사랑스럽고
열정과 순수를
겸비한 님

앞으로도
희망의 나래 활짝 펴
내 안에 맘껏 빛을 발할 님.

박덕은 作 [시심](2014)

시심 · 2

어느 날 살며시
마음속에 자리잡고서
춤추듯 미소 지으며
다가와 속삭이네

오늘 같은 날이
행복한 최고의 날이라고 고백하며
몸 안에 영원히 동거하자고 입맞추네.

박덕은 作 [시심의 미소](2014)

한 해를 보내며

샘솟듯 하는
이 기쁜 마음
감출 길 없어

미소 지으며
행복하다고
속으로 웃고 있네

그리움도
가득 채워 바라보니
소망이 되었네

열정과 환희 속에
이끌었던 아름다운 날들
잊을 수 없어

격려와 배려로
완성의 느낌들
똘똘 하나로 뭉쳐

고운 추억의
향기 속에
고이 간직하네.

박덕은 作 [열정과 환희](2014)

제2장
낭만의 입맞춤

박덕은 作 [낭만](2014)

추억

아름다운
사색의 하모니

곱게 피어난
감성의 꽃

애틋이 바라볼 수 있는
눈물의 향기

달콤한 느낌 속에
가득찬 환희

아련히 떠오르는
고귀한 노래.

박덕은 作 [추억](2014)

기다림

보고 싶은 사람이
있습니다

행여 오늘은
오지 않을까

그리움의 향기 타고
너울너울

오늘도
오늘도

헤어나지 못하고
애달픔만 남아

셀렘으로
늘 애타하며

선율에 마음 실어
고이 간직합니다.

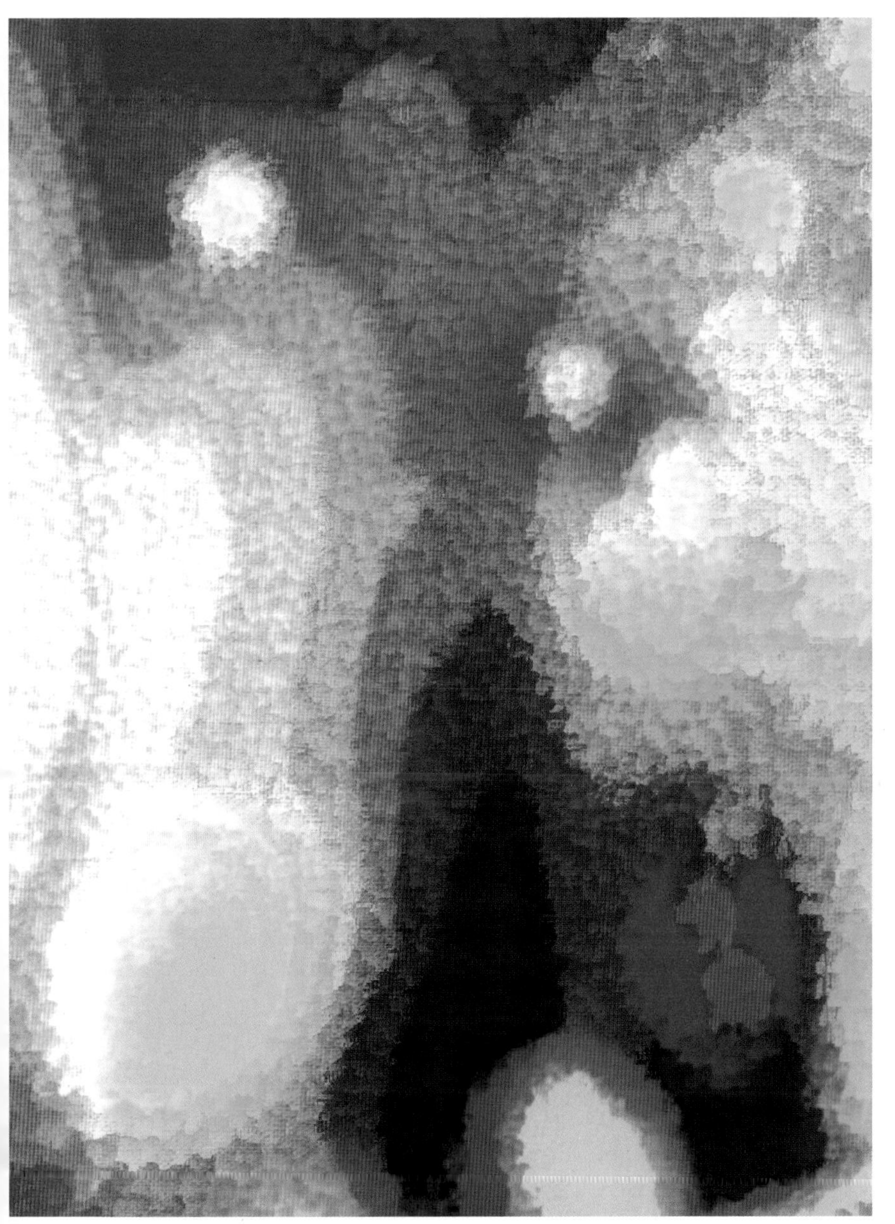

박덕은 作 [기다림](2014)

사랑아

가슴속 깊이
꽉 채워진
그대여

감미로운 선율로
떨리듯
아련히 속삭여 주오

달콤한 말 한마디라도
은은한 향기 되어
내게로 풍겨 오도록

늘 설렘 속에서
그리워하며
애틋이 바라볼 수 있도록.

박덕은 作 [사랑아](2014)

감사해

지난 추억도
감사해

장미꽃 가시도
감사해

쟁기와 보습 같은
나의 장단점도
감사해

이 세상의 순리도
감사해

염려 걱정 근심도
감사해.

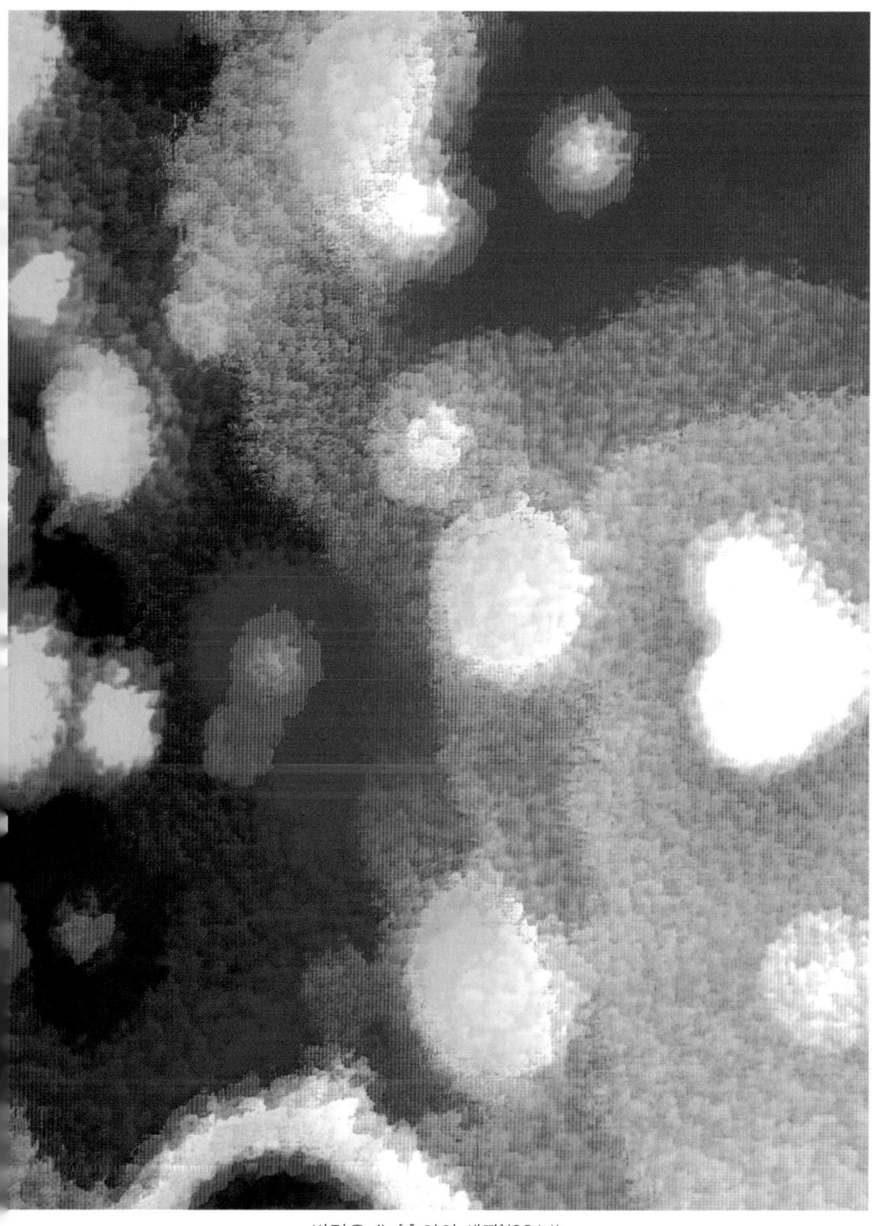

박덕은 作 [추억의 색깔](2014)

아이 좋아라

오늘은
샘솟듯 기쁨이
넘치는 날

내가 살아 있어
감사하고
곁에 좋은 친구들 있어
행복한 날

신바람 날개 달아
너울너울 춤추는 날

아름다운 세상
바라볼 때도
그저 감사함으로
마냥 좋은 날

공허함이
짓눌렀던 것들도
다 날려 버린 날

외롭고 허무했던 것들조차도
다 묻어 두고
화려한 옷으로 갈아입은 날

낭만 가득 담아
훨훨 날아가는 날.

박덕은 作 [마냥 좋은 날](2014)

당신 · 1

감미로운 선율에
잠겨

아련히 떠오르는
설렘 바라봅니다

마음 가득
채워지도록

이 달콤한 밤에
행복에 잠겨

그리움의 두 눈
살며시 감아 봅니다

온유함으로 가득
채워져 있어

더욱
빛이 납니다.

박덕은 作 [그리움의 눈길](2014)

당신 · 2

어느 날
우연히 찾아온
행복한 나날

미소 짓게 하고
때론 새 힘 주고

사랑의 깊이를
생각할 수 있도록
인도하고

때때로
설렘으로
맞이하게 하고

사랑 고백으로
메신저로
화려하게

간혹

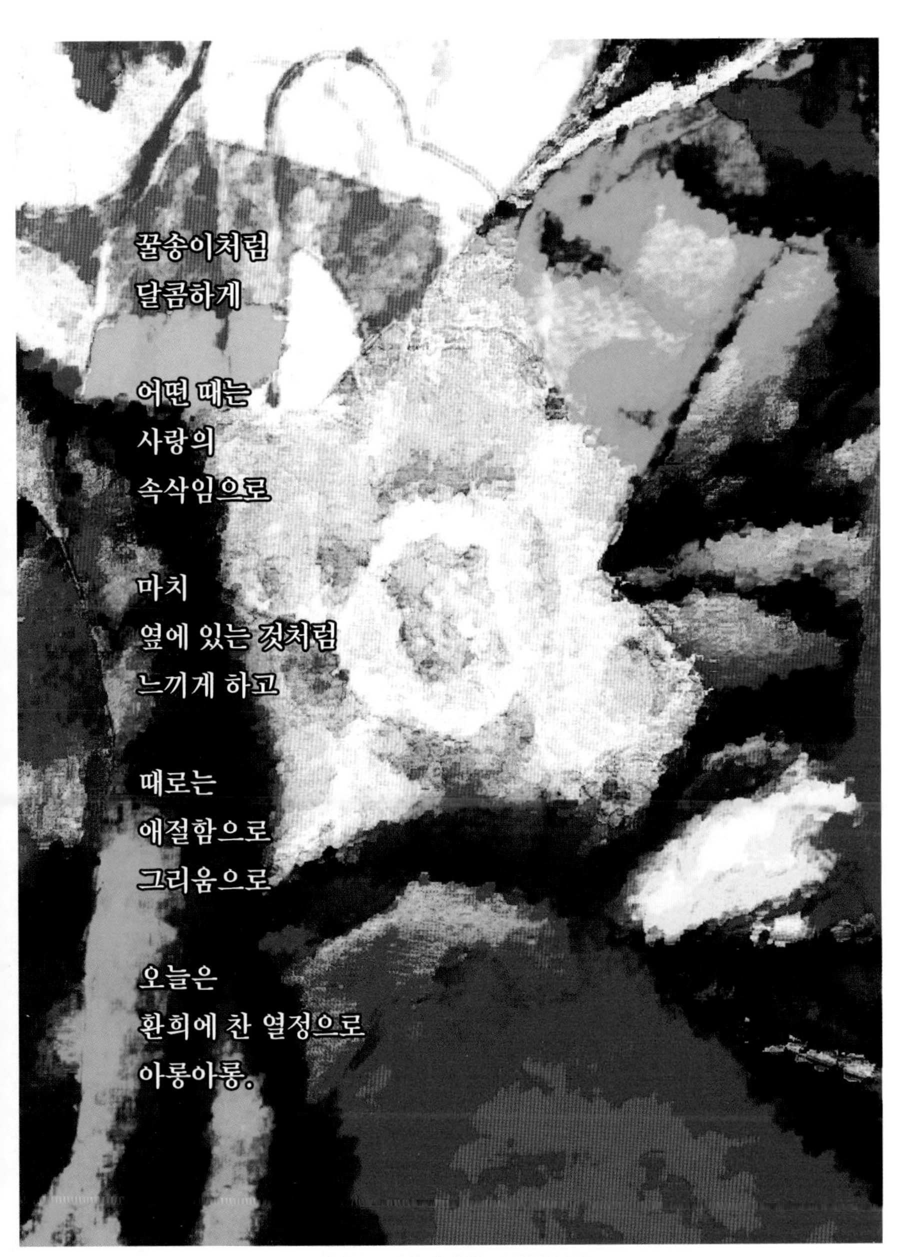

박덕은 作 [환희에 찬 열정](2014)

사랑에게

그대는
내 전부

이 세상
그 누구보다 최고야

어디 있든지
힘이 되어 주고

지치고
힘들 때

손잡아 위로하며
도와주고

온전한 행복과
기쁨이 되어 주네

이제껏 살아온 것도
그대를 만나기 위함이었네

이 생명 다할 때까지
그대만을 품으리.

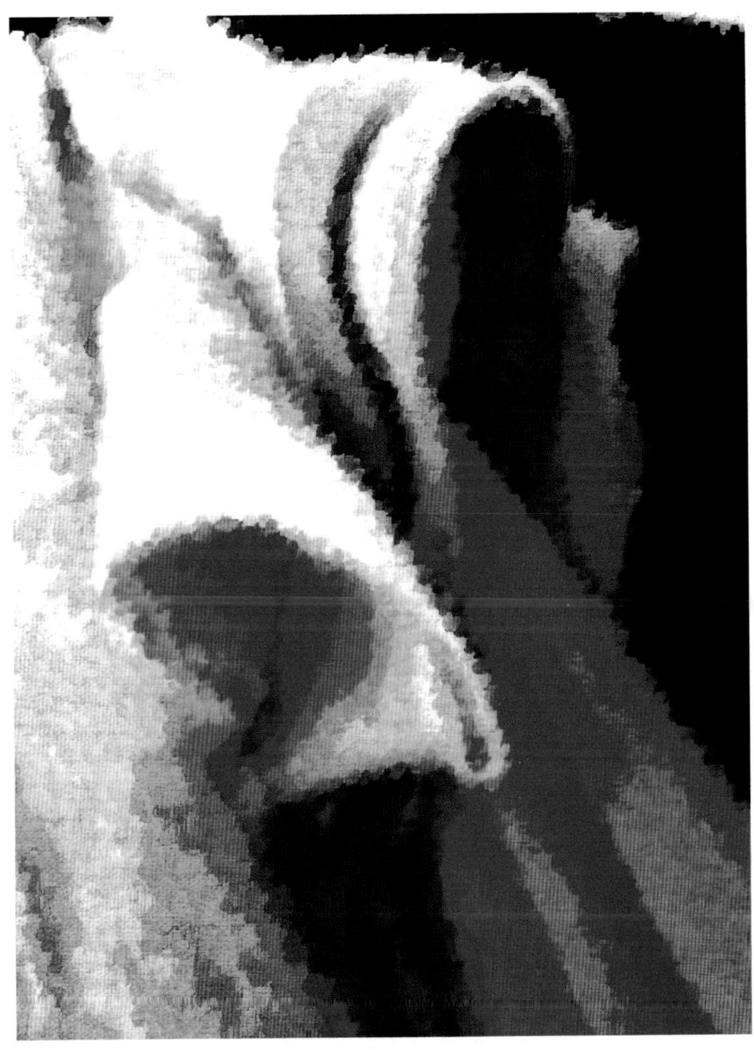

박덕은 作 [사랑에게](2014)

내 사랑 · 1

은은한 향기에 젖어
달콤했던 추억

차 한 잔도 멋스러움에
흠뻑 빠져들고

나
고백 못해도

그 사랑 얼마나
크고 아름다운지

오 놀라워라
내 사랑

변치 않고
늘 기뻐한다네.

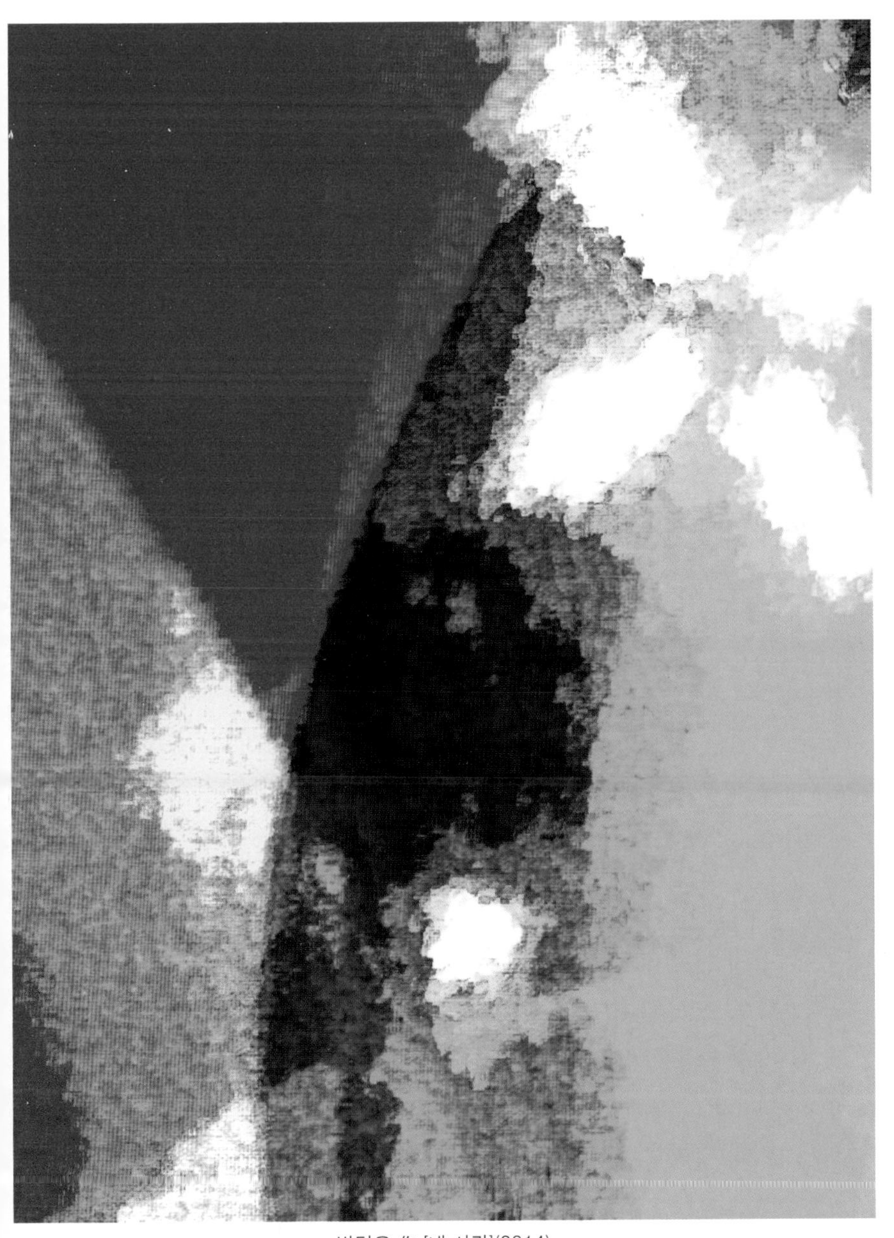

박덕은 作 [내 사랑](2014)

내 사랑 · 2

내 사랑은
물 댄 동산

어딜 가든지
빛을 발하고

머리부터 발끝까지
온유의 향기 뿜어내고

그 어떤 날선
예리한 검보다 강하네

어찌 그리
낭만으로 가득한지

내 사랑의 불을
폭포도 끄지 못하고
홍수라도 삼키지 못하네

내 사랑이여

빨리 내게로 와줘요

나는 내 사랑에게
속하였도다

귀한 열매가
우주 가득 쌓아질 때까지.

박덕은 作 [사랑의 불](2014)

님은

님은
나의 별
나의 힘
온유함이 빛을 내네

님은
덕망이 온누리에 퍼지고

인자함이 꽃들을 움직이고
마음속까지 치료하네

님은
많은 칭송 받으며
낭만으로 꽉 차
푸른 초장으로 인도하네

님은
꺼지지 않은 용암
진액으로 활활 타
끊임없이 흘러내리네.

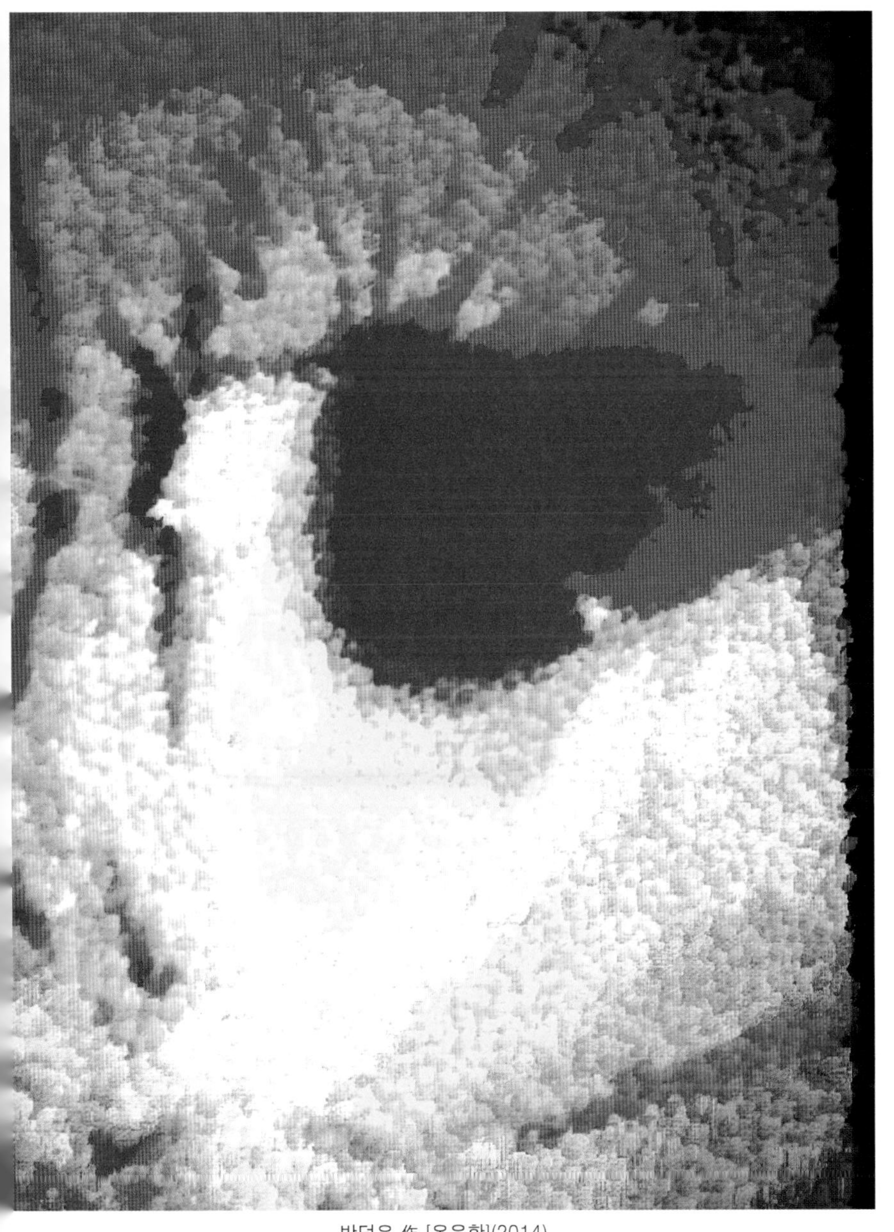

박덕은 作 [온유함](2014)

어떤 입맞춤

북인도와 네팔 국경
국립공원에서

나는 코끼리 등에 앉아
트레킹을 즐겼네

코끼리는 허기가 졌는지
나뭇잎 한입 움켜쥐고 먹고 있었네

가엾은 생각이 들어
미안하기까지 했네

어찌하여 사람 손에
길들여져 저토록 애처롭게
살고 있을까

배고픔도 아랑곳하지 않고
부려먹는 주인까지 미워졌네

코끼리한테 미안해 하며

되돌아와 바나나를 주었네

코끼리는 고맙다고 인사하며
내 손에 코로 입맞춤까지 하네.

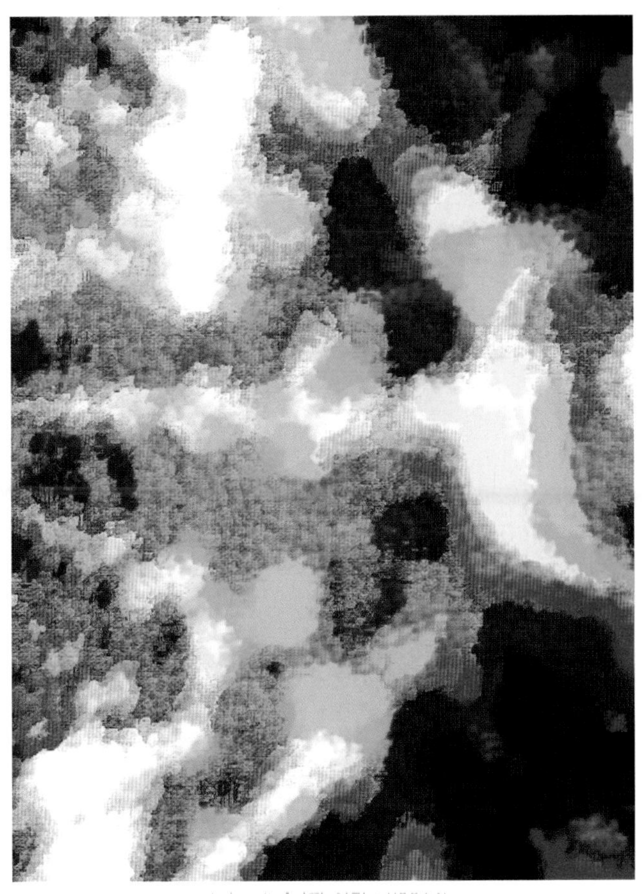

박덕은 作 [어떤 입맞춤](2014)

사랑의 시작

내 맘에 손길 있어
나를 치료하네

내 맘 어루만지는
눈길 있어 감사하네

오랫동안 기다림에 지친 나에게
다가온 환희에 찬 향기

오
놀라워라

이제부터는
새롭게 거듭나

아름다운
그 손길 그 눈길 그 향기
영원히 간직하리.

박덕은 作 [사랑의 시작](2014)

사랑의 법칙

그대 있음에
내가 있어라

그대를
만나고부터

아아
그리워라

그대를
알고부터

아아
외로워라

그대를
사랑하고부터.

박덕은 作 [사랑의 법칙](2014)

오늘도 나는

이 세상엔
내가 존경하고
사랑할 수 있는
님이 있어 좋다

하늘 바라보고 있노라면
어느새 달콤함이
님에게로 날아가 있다

생각하면 할수록
그리워지는 님

오늘도 나는
행복의 나래를
활짝 펴서 난다

고이 바치고픈 그리움
님의 창가에
살포시 놓아두고 오려고.

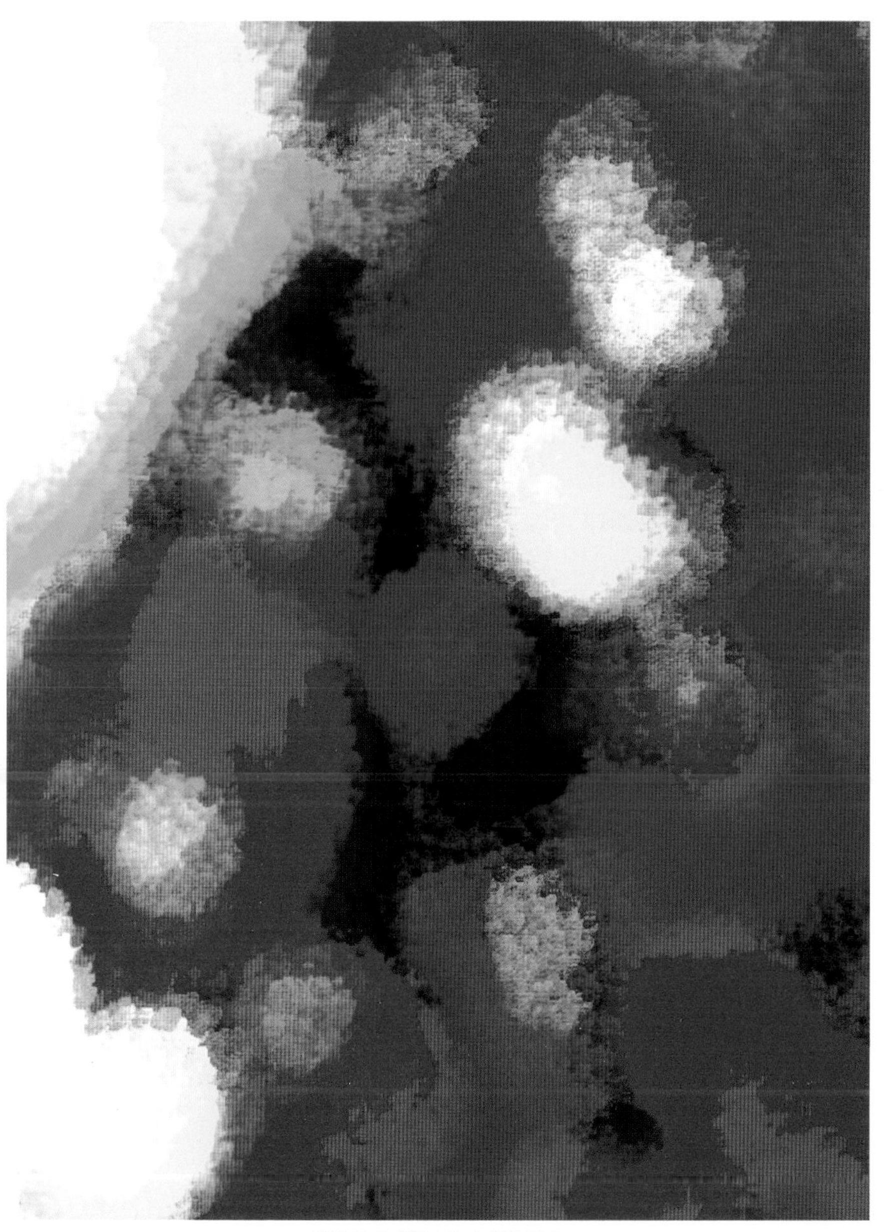

박덕은 作 [행복의 나래](2014)

오늘따라

오늘따라
왠지
울적해지네

곱디고운 별 하나
땅에 떨어져
고요히 묻히네

이제는
영영
저 우주 속으로

살아생전
미소 머금은 당신의
해맑은 얼굴에서
나는 평화를 느꼈다네

오늘따라
왜 이리도
허무하단 말인가

앞으로
나에게 주어진 시간들은
부디.

박덕은 作 [오늘따라](2014)

사랑 고백

이 늦가을에
당신이
그립습니다

속마음
전하고 싶은
그리움이 있기에

거실에 앉아
베란다 밖
파란 하늘 바라봅니다

해맑은
당신의 영혼까지도
빼앗아 오고 싶어

내게로 와 준다면
온전히 독점하고 싶어
이렇게

애달프게 속으로만
간직한 채
으렁으렁 울부짖습니다

낭만 듬뿍 담은
가슴속 깊이
당신을 꼬옥 품고 싶어서.

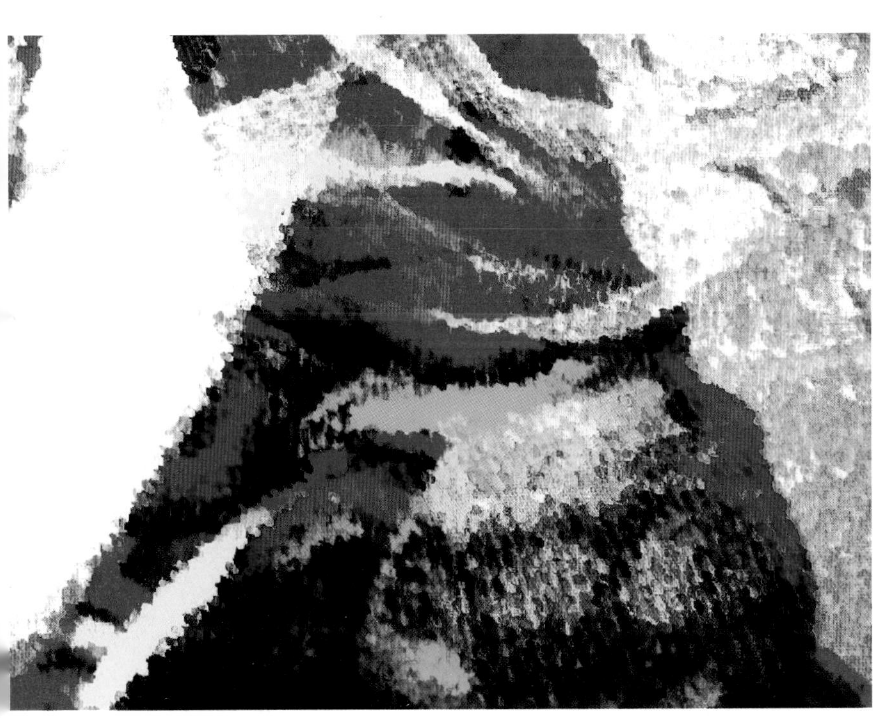

박덕은 作 [사랑 고백](2014)

연정가

마음속 깊이 새겨진
당신
언제 또 오려나
손꼽아 기다려요

나에게
진한 사랑 나누고
떠난 당신
왜 오지 않나요

내 곁으로 빨리 와요
늦으면
나 병날 것 같아요

혼자서는
너무 외로워 싫어요
어서 내 곁으로 와 줘요.

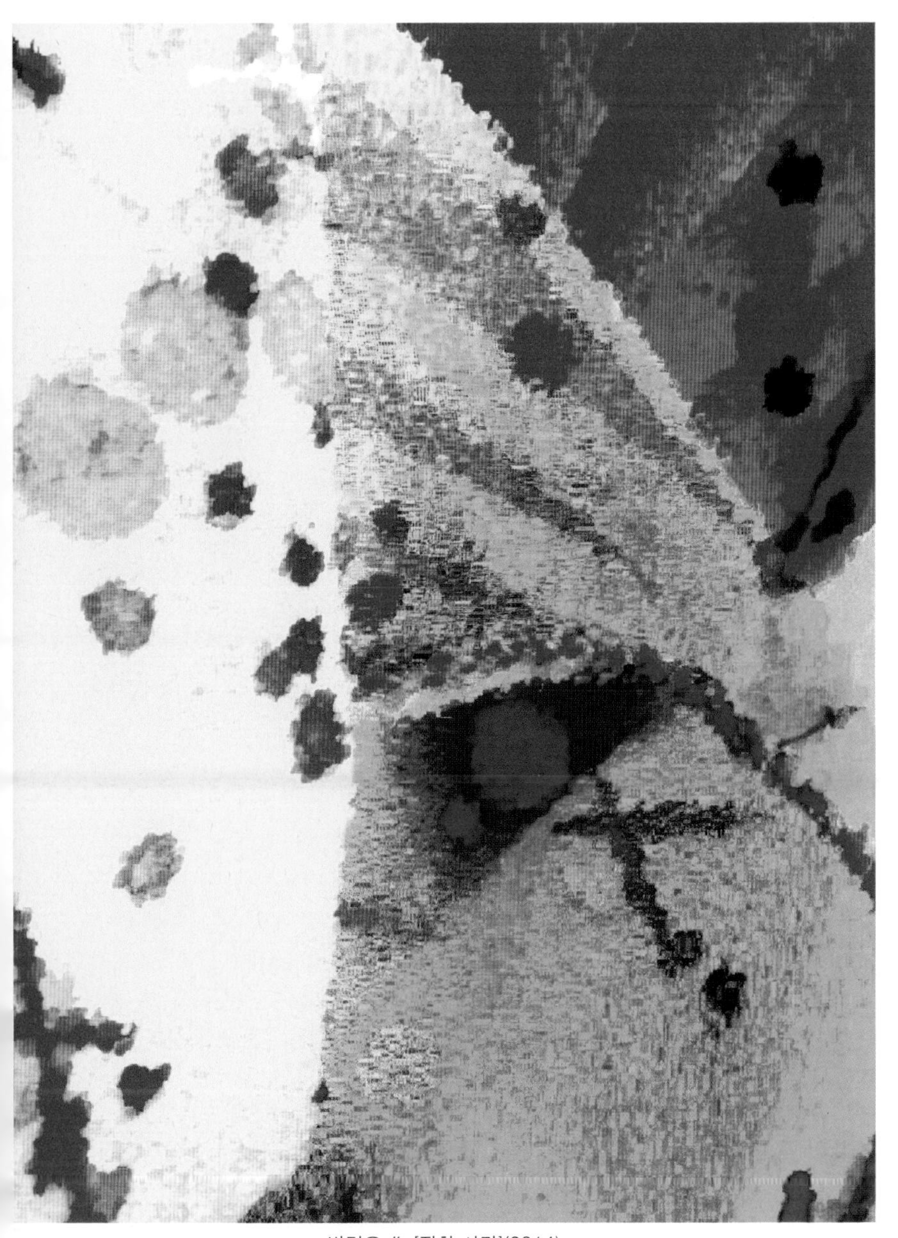

박덕은 作 [진한 사랑](2014)

첫사랑

늦여름 끝자락
지루했던 어느 날

내 맘속에 내 눈에
확 들어오는 그리움

순간 나는
너무 좋아

읽고 또 읽었어
보고 또 보았어

어찌 이리
아름다울 수 있을까

누구일까
어디까지일까

생각하고 또
생각하기 시작했어

어느새 내 지루함이
단번에 확 날아갔어.

박덕은 作 [첫사랑](2014)

그리움에게 부친 편지

오늘도
나를 기다리던
베란다 초록빛 화초들
한목소리로 정겹게
인사하네

주인님
오늘도
행복하세요

나도 화답하네
고마워
사계절
한결같은 싱그러움으로
동거해 주니 고마워.

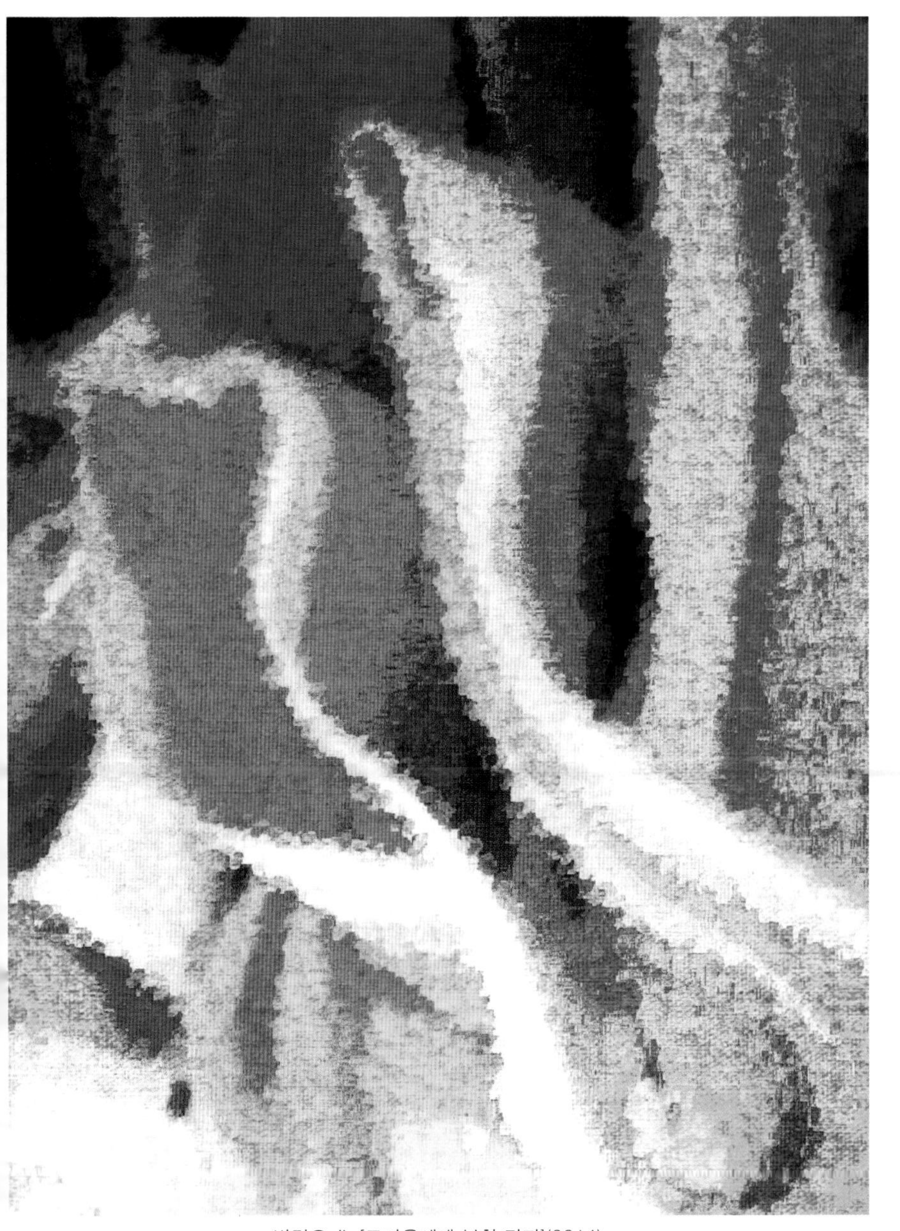

박덕은 作 [그리움에게 부친 편지](2014)

이게 사랑이나 봐

이른 새벽부터
왠지 맘이 설렌다

미래와
손잡아서일까

생각하면 할수록
그리운 사람이 있다

그 이름 되뇌이면
가슴 벅차오른다

보고픈 마음이
진해서일까

구름 하나 없는
가을 하늘도
몸을 부르르 떨고 있다.

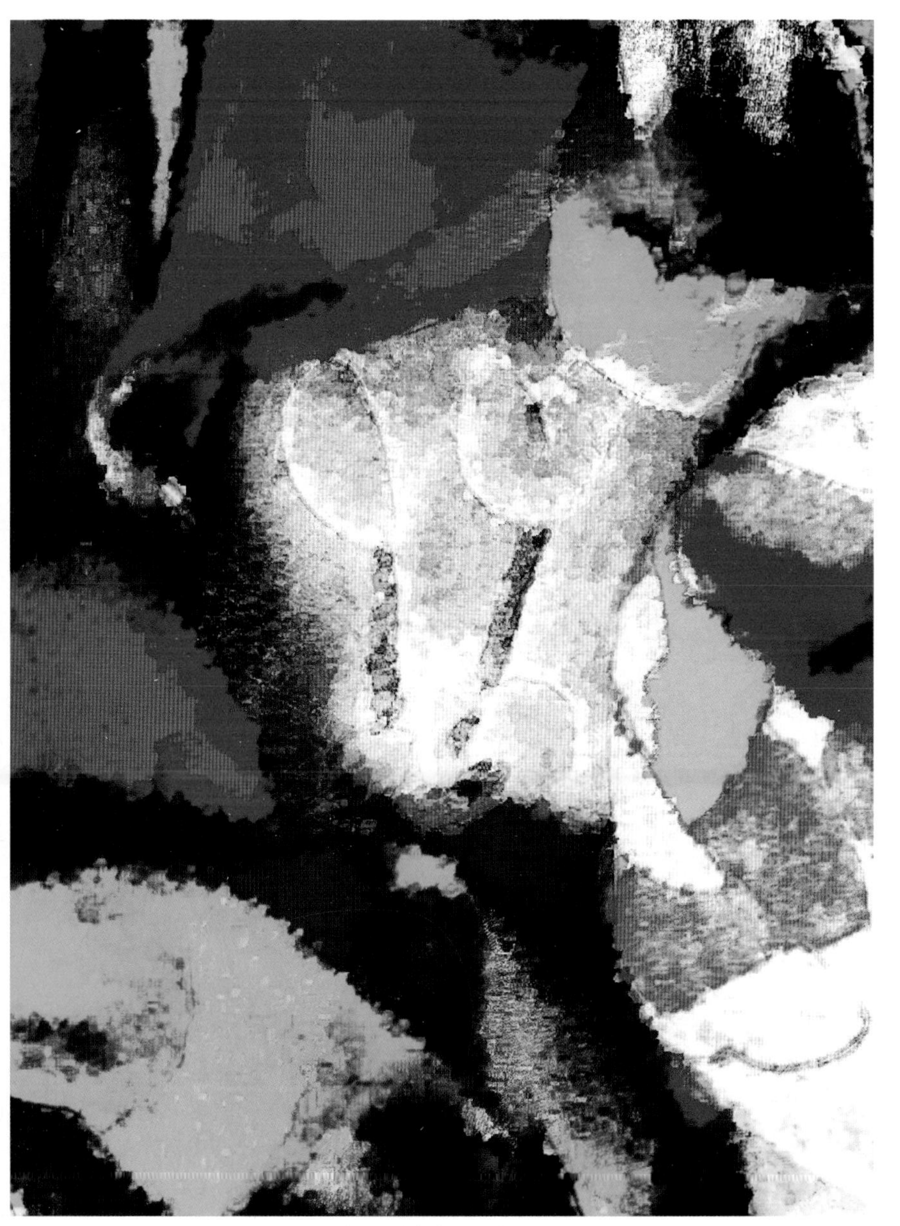

박덕은 作 [사랑이나 봐](2014)

그리움

밖으로만 향하던
나의 시선이
어느 날
향기를 만났네

그 향기는
나에게 작은 불씨를
붙여 주어

이토록
꺼지지 않게 해주고
잘 간수해

날마다 조금씩 승화시켜
지금은
커다란 불꽃이 되어

가슴속 깊은 곳까지
환하고도 뜨겁게
비춰 주고 있네.

박덕은 作 [그리움](2014)

사랑

나의 영혼과 몸
깊숙이
자리잡은 너

행복의 나래로 이끌며
이 시간도 여전히
노래 부르고 있네

받거니 주거니 하다가
어느덧 하나되어
아름답고도 정겹게.

박덕은 作 [사랑](2014)

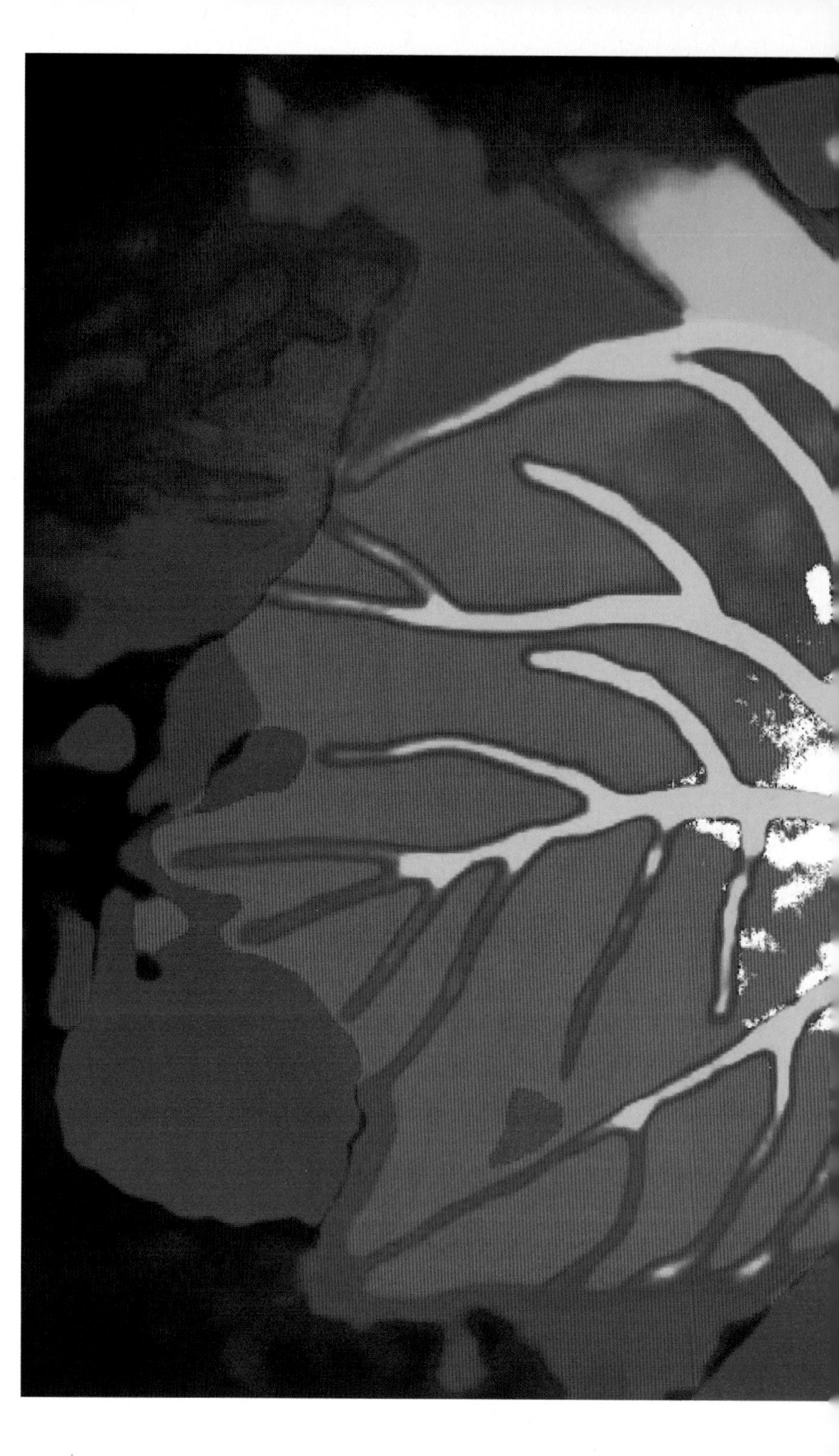

제3장
여행은 내 사랑

박덕은 作 [여행의 기쁨](2014)

여행 단상

중국 서남쪽 귀주성
옛 차마고도에서
말 타고 두세 시간
마방들이 다니던 곳

샹글릴라
말 타고
바라보니

아름다운 설산이 솟아 있고
밑에는 에메랄드빛 호수가
내려다보인다

모두 다
낭만으로 가득차
나를 설레게 한다

말과 자연과 교감하며
이곳에 살고 싶어라.

박덕은 作 [여행 단상](2014)

독일

유럽 경제권을 쥐고서
얄밉도록 잘사는 나라

하이델베르크엔
고풍스런 집들만 있고

라인 강줄기엔
바라만 봐도 멋지고
낭만 깃든 풍경들이
어여쁘게 늘어서 있고

어딜 가나
동화 속처럼
깨끗한 나라

호텔 아침 식사는
먹거리도 다양하고
서비스도 최고

하나같이

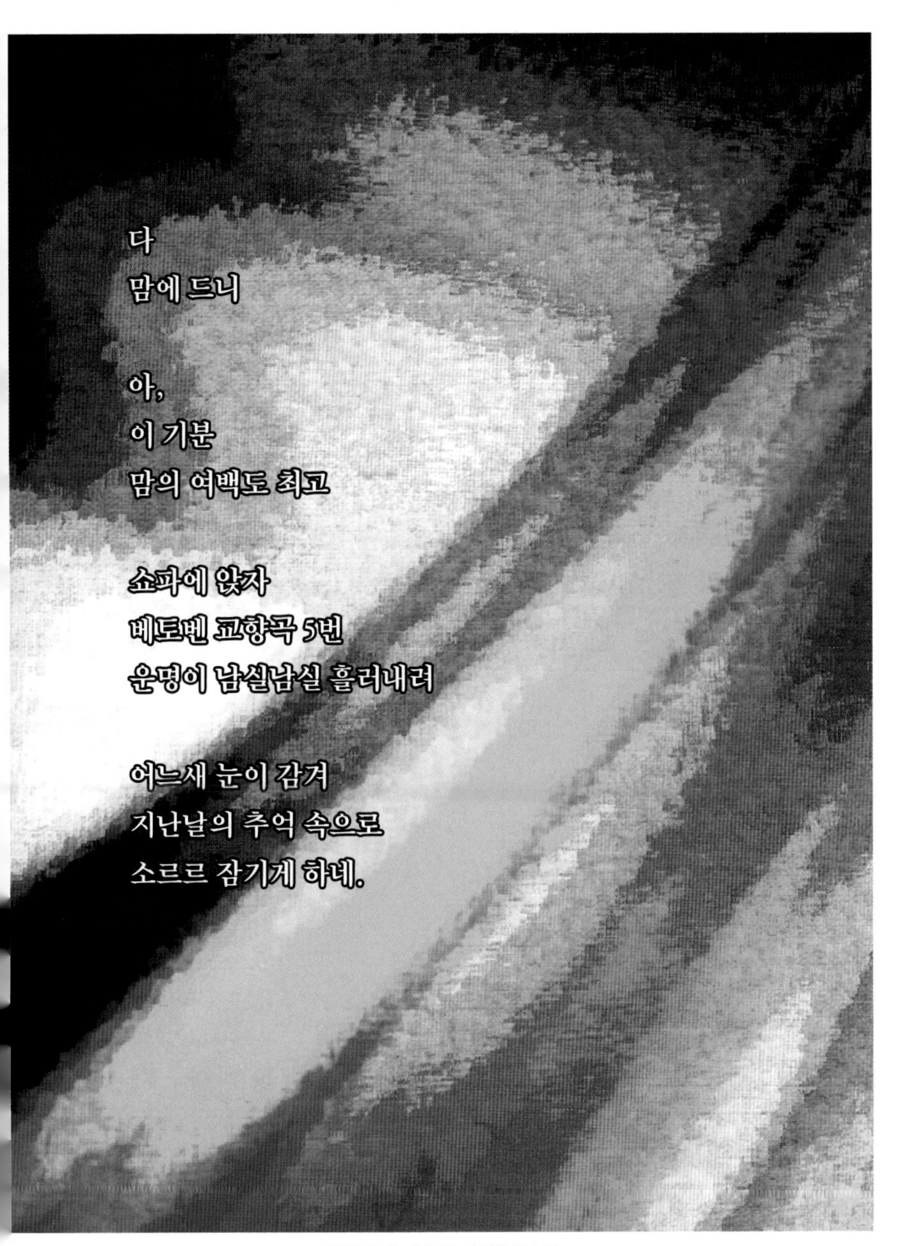

박덕은 作 [맘의 여백](2014)

싱가폴

공항에서부터
아름다움이 물씬 풍기고

아무데서나 담배 피우면
벌금 무는 나라

가는 곳마다
여기저기 정원으로
꾸며져 있고

썬토사 분수쇼
음악 따라 춤추는
나라

주릉새 공원에선
레일 타고 한 바퀴
우거진 숲을 돌아보고

수백 명 이방인 인파가
새들의 쇼를 즐기고

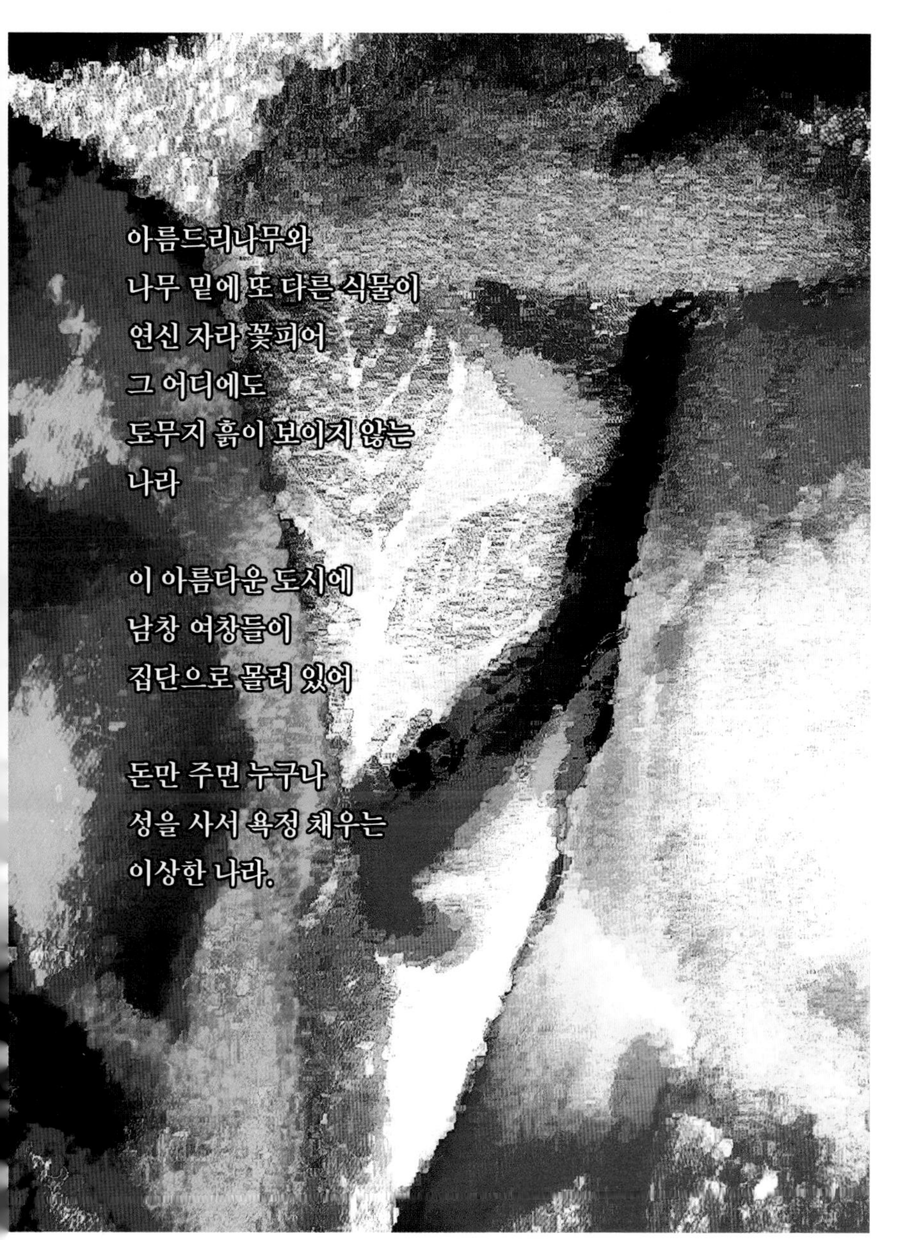

박덕은 作 [아름다움](2014)

런던

버킹엄 궁전
앞 광장엔
근위병들의 교대식

화려하게 치장한 말들의
하나같이 멋진
발걸음에 감탄하네

앞 길목엔
이방인들로 빈자리 없고
화려한 황실 앞엔
날마다 장엄하고도
위엄 있는 빛 가득하고

템즈 강가엔
국회 의사당이
멋지고 세련된 모습을 뽐내고

유명세 탄
헤롯 백화점엔

쇼핑객들로 북적북적

그 유명한 런던 부릿지엔
예술혼 담겨 있어
보는 이마다 환호성이네.

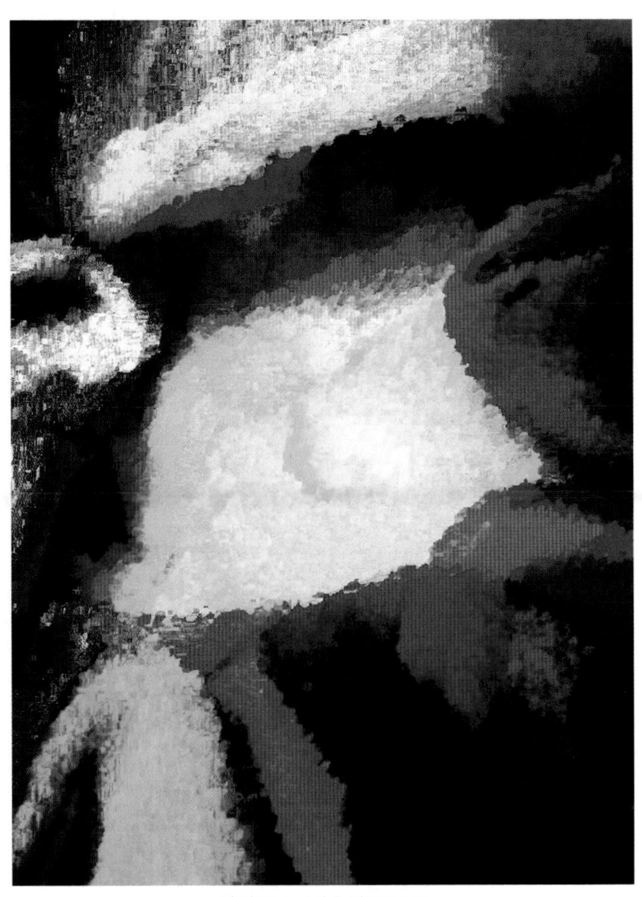

박덕은 作 [환호성](2014)

그리스

뽕나무 가로수는
낭만으로
어여쁘게 단장하고

올리브 나무는
산과 들과
정답게 손잡고

물빛 파란 바닷가는
평화로운 인파와
노닐고

배 타고
아름다운 섬에 내려
산책하는 발걸음은
즐거워 춤추고

해물 체리 올리브
곁들여진 서양 요리는
행복 가득 가슴에 안겨 주고

붕 떠 있는 마음은
오솔레미오 콧노래를
연신 흥얼대네.

박덕은 作 [콧노래](2014)

옐로우 스톤

크고 작은 동물들의
장엄함 천국

꽃들이 눈부시도록
아름답게 피어 있고

군데 군데
솟구쳐 나오는
뜨거운 온천은
불쑥불쑥 이글이글

자연의 광활함에
탄성이 곳곳에서
울려 퍼지고

사계절마다 색깔이 달라
신비함에 매료되어

이색적인
황홀감에 빠져들게

하는 곳.

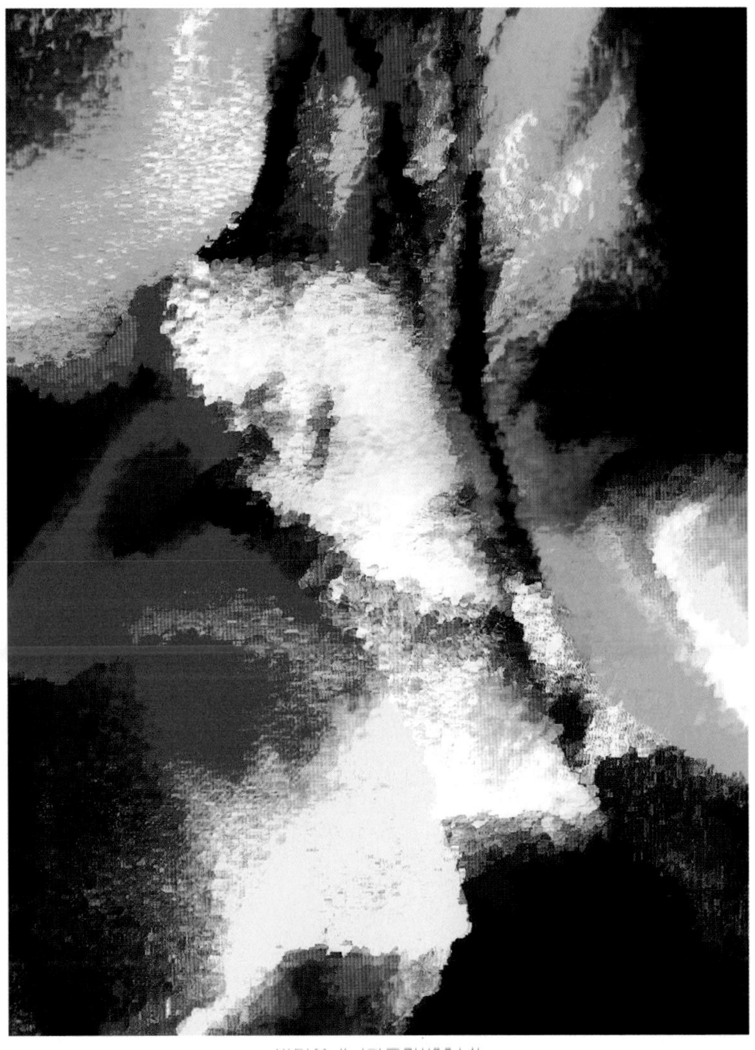

박덕은 作 [황홀감](2014)

그랜드 캐년

이름도 멋지고
직접 가보지 않고서야
감히 말할 수조차 없는 곳

그 누구의 상상도
훌쩍 초월하고야 마는
장엄하고 화려한
대협곡들

위에서 내려다보면
빙그르르 핑핑
돌아버릴 것 같은
아찔함

그저 감탄만
연신
솟구쳐 나오고

수억 년 세월 속에
그 자체가 스스로

빛을 내고 있는 곳

인디언들의 삶
그 자체를 즐기며
살아가는 곳

많은 이들이 즐겨 찾아
이 신비에
마냥 아우성치는 곳

대자연의
아름다움과 장엄함이
동시에 자리한 곳.

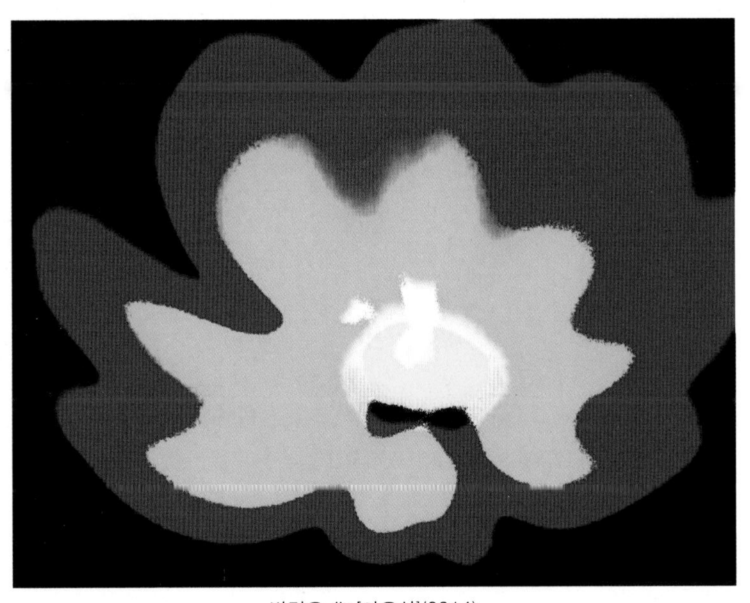

박덕은 作 [아우성](2014)

알링턴 국립묘지

죽어서도 불꽃이 되어
활활 타오르는
아름다운
곳

당신들이 남기고 간
역사적인 일들을
생각하며 바라봅니다

살아생전
많은 사람들에게
존경 받았지만

잘한 업적은 말하지
않고
스캔들만
이야기꺼리가 되어
훌훌 날아다니고

화려했던 추억은

땅속에 묻혀
곤히 잠자고 있네.

박덕은 作 [아름다운 불꽃](2014)

뉴욕

늘
생기가
차고 넘치는 곳

사랑스런
무지갯빛 거리는
보석들로 여심을 홀리고

우거진
센트럴 파크 숲은
마음의 눈까지 시원하게 하고

너른 광장은
낭만과 집시들의
천국

어딜 가든지
사람들로
붐비고

박덕은 作 [자유의 여심](2014)

호주

낭만이 가득하여
세계에서 사람 살기
가장 좋은 나라

너른 땅
그 어딜 봐도
아름드리나무가 많고

푸른 초원 위엔
소들이 무리 지어
그냥 거기서 먹고 자고

양떼가 여기저기
한가로이 노니는
동물들의 천국

코알라는
새끼를 등에 업고
아슬아슬하게
높은 나무 위에서 놀고

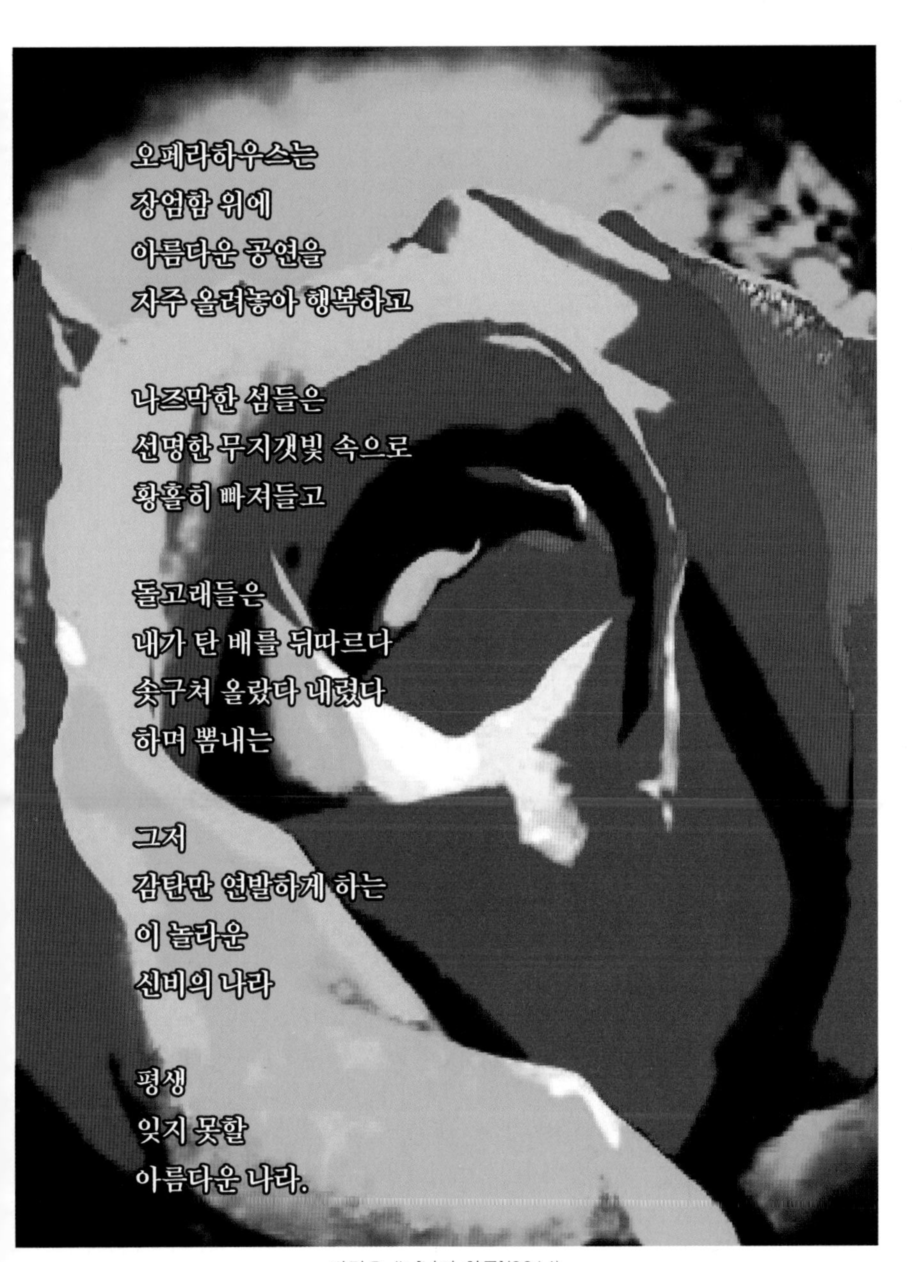

박덕은 作 [낭만 천국](2014)

하와이

천혜의 땅
평균 기온이 27도
높아야 29도

식물들은 하나같이
열정의 꽃향으로
몸단장하기 바쁘고

곱디고운 자태로
너도나도
뽐내기 좋아하고

숲마다 푸르름이
가득하여
윤기가 자르르

파도 하나 없이
잔잔한
와이키키 해변에선

박덕은 作 [웃음꽃](2014)

스위스

산과 들과 초목들이
다 눈으로 덮여 있고
사방 어딜 둘러보나
낭만으로 가득차 있는 곳

아이들은 눈 위에서
마냥 즐거워하고

케이블카 타고 오른
산 정상에는
그림 같은 집 한 채가
있고

감미로운 요들쏭은
네일호 네일호 네일호
저절로 콧노래로 흐르고

산 아래 매장에선
장인들의 수공예 명품 시계가
끈질기게 유혹하는 곳

고요가

늘

침묵을 지키고 있는 나라.

박덕은 作 [리듬](2014)

티벳 마을

아침 햇살처럼
평화로운 곳

새들의 노랫소리도
정겹게 들리는 곳

오로지
자연에서 얻은 것만
먹고 사는 곳

병들어도
그냥 그대로
자연 치료하며
견디는 곳

죽는 순간도
길에서든 산에서든
어디가 됐든 그대로
받아들이는 곳.

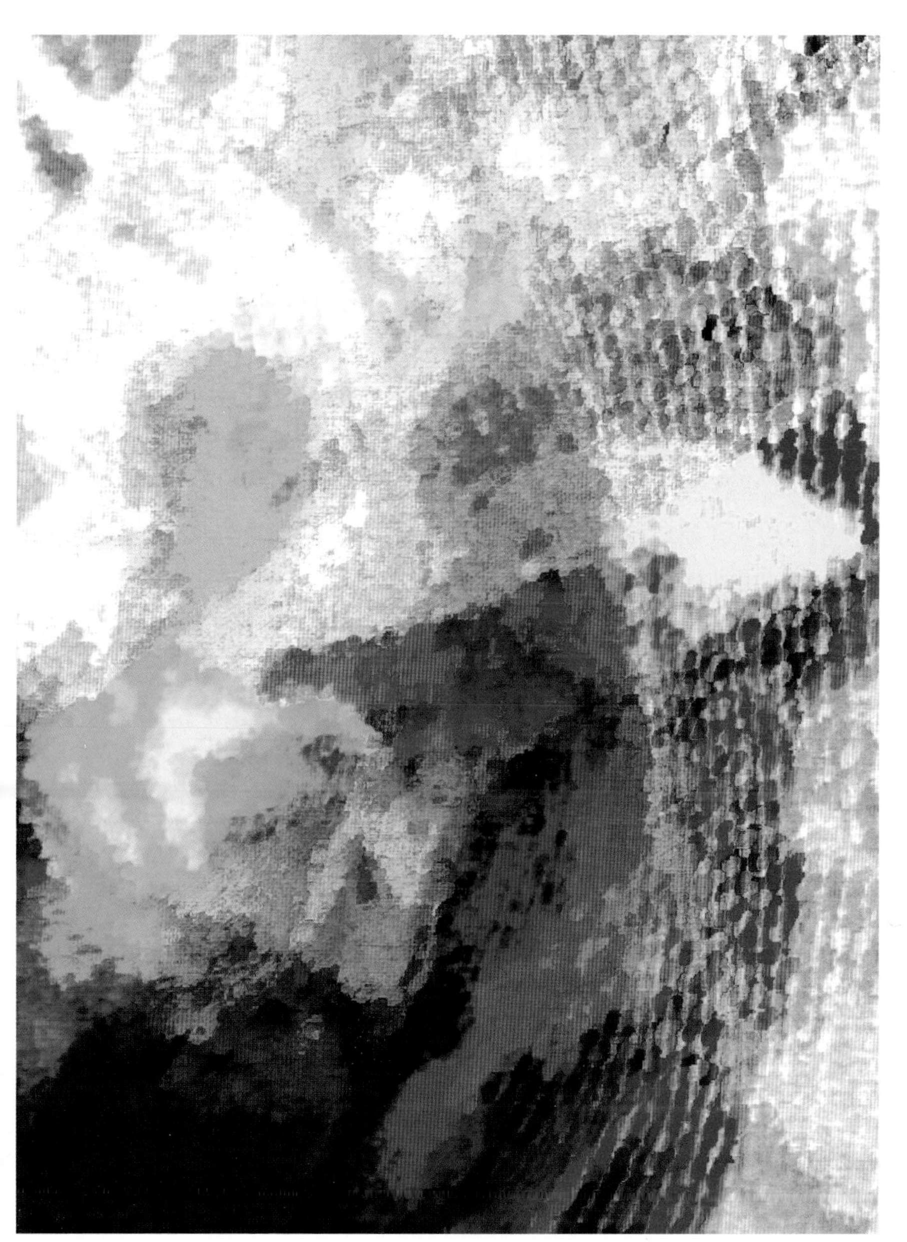

박덕은 作 [평화](2014)

묘진족

중국 서남쪽 운남성
차 타고 13시간
그것도 산등성이로만
꼬박 걸리는 곳

밤은 어두워
불빛 하나 없고
적막함만이 앞장선다

원주민들 호롱불 들고
마중 나와
손 꼭 잡고 집까지
인도하건만

먹을 거라고는
감자와 옥수수뿐
서럽기도 해라

식당이 따로 없어
나무토막에 그냥

박덕은 作 [달콤한 행복](2014)

장족

티벳 여자들은
친족과 결혼하고

형제가 몇 명이 되든
다 남편으로 받들고
살아야 한다

매일밤 형제들이 기다렸다가
허리띠 문고리에
걸어 놓으면
그때서야
누가 침실에 들어간지 안다

형제들은 교대로
야크 떼를 깊은 산중으로
몰고 다니며
6개월씩 떠돌이 생활을 한다

자식 낳으면
장자의 호적에

올리니

누구의 자식인지
아무도 모른다

가슴속 깊은 사랑은
오직 하나건만.

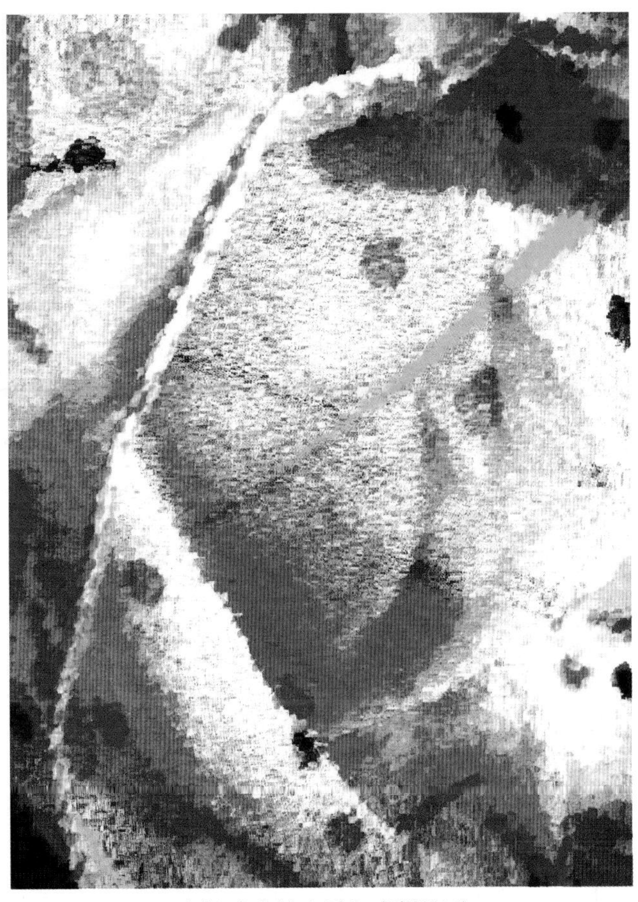

박덕은 作 [가슴속 깊은 사랑](2014)

캐나다

록키산
그윽이 깊은 곳에서는
맑은 가락이 울려 나오고

나무들은 유난히
빼곡해서
보기에도 좋아라

잔잔한 호수들은
여기저기
그 자태를 뽐내고 있고

식물들은 제각각
대자연 속 여유로움으로
마냥 즐겁기만 하네

호수의 에메랄드빛 위엔
낭만이 넘실대고
그 아름다움에
저절로 황홀해지네

빙산엔
그리움같이 찬 물줄기가
곱게 흘러내리고

동물들은
그저 사랑 싸움하느라
여념이 없네.

박덕은 作 [사랑 싸움](2014)

이집트

시나이 반도 광야
1년에 비가 20mm밖에 오지 않아
광야라 불리우는 곳

호텔 밖을 내다보니
놀랍게도
비가 내리고 있네

메말랐던 땅은
저리 환호를 하는데
창밖엔
멧새 한 마리가 배가 고픈지
나만 바라보고 있네

저 멀리 계곡엔
무지갯빛이 선명해
참 아름답고

광야엔 생명체가
살아 있고

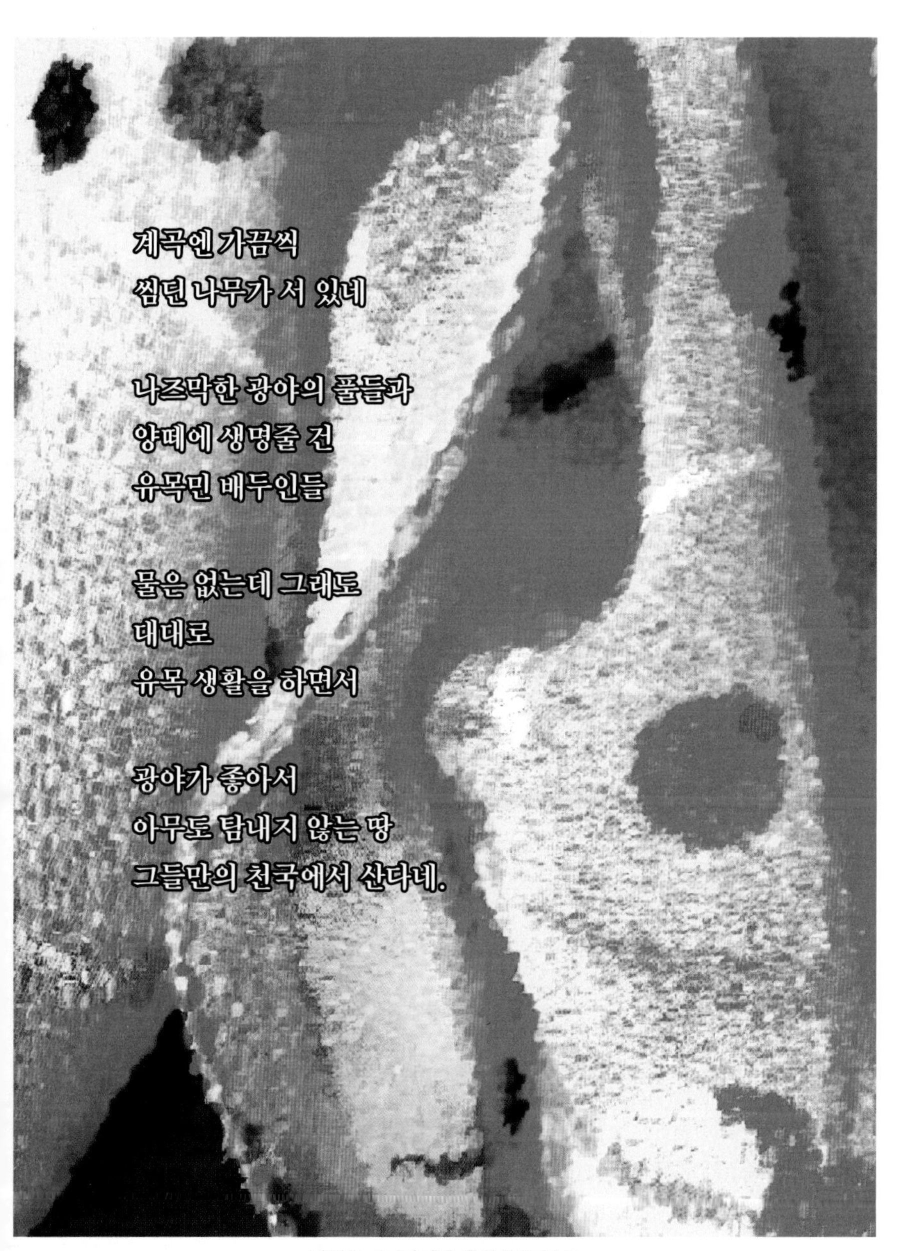

박덕은 作 [광야가 좋아서](2014)

이스라엘

어여쁜 여자들이
총을 어깨에 메고
거리마다 서 있는
그림 같은 나라

북쪽 레바논 국경엔
헐몬산 있어
물줄기 흘러내려
사해를 채우고

바다처럼 넓은
서쪽 갈릴리 호수는
낭만으로
선상에선 설렘으로
각각 채워

마냥
행복한 나라

남쪽으론

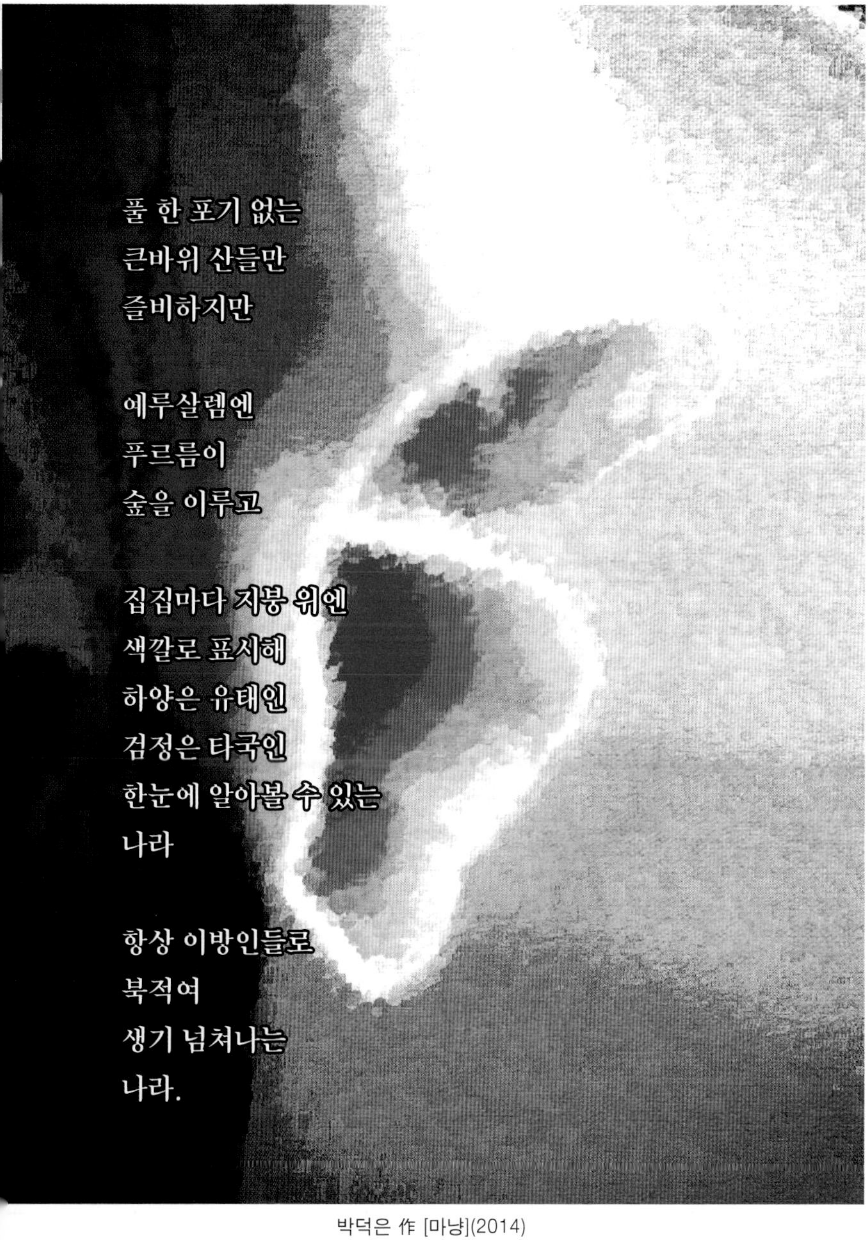

풀 한 포기 없는
큰바위 산들만
즐비하지만

예루살렘엔
푸르름이
숲을 이루고

집집마다 지붕 위엔
색깔로 표시해
하양은 유태인
검정은 타국인
한눈에 알아볼 수 있는
나라

항상 이방인들로
북적여
생기 넘쳐나는
나라.

박덕은 作 [마냥](2014)

요르단

사방엔 모래성
참 매력적인 나라

회오리바람 불면
그 고운 모래알들이
흩날리며 몰아쳐
눈앞까지 안 보이게 하지만

그것도 잠시
언제 그랬냐는 듯

뻥 뚫린 파아란 하늘
강렬한 태양빛으로
빛나는 나라

사막 한가운데는
맑은 물이 침묵하듯
고요히 흘러가는
신비의 나라

자연의 이치를
가슴 깊이 껴안고 사는
참 아름다운 나라.

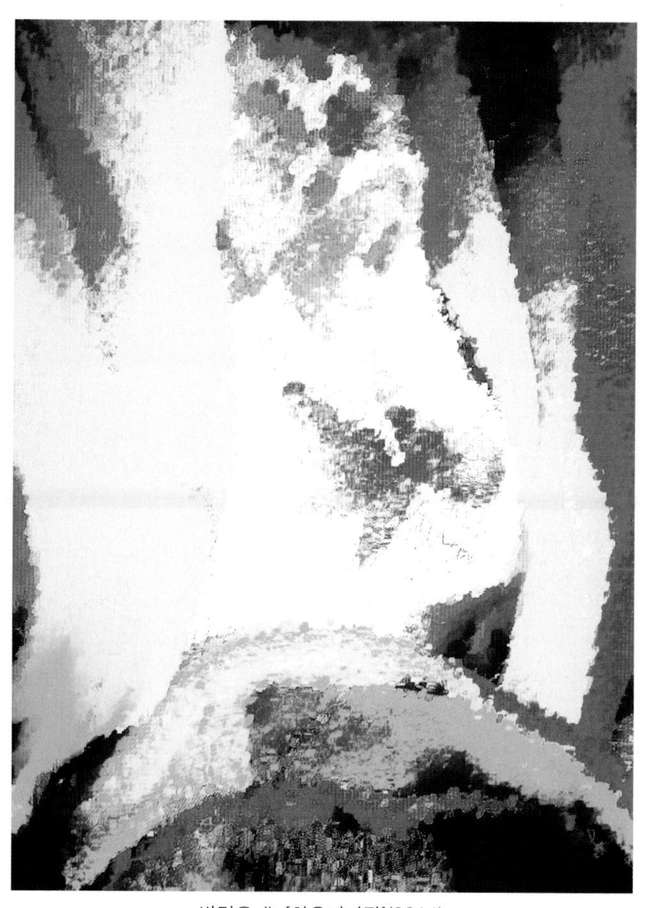

박덕은 作 [회오리바람](2014)

베네치아

이태리의 낭만이
가득한 곳

미묘한 아름다움이
남실남실대는 곳

파아란 물위에 다리 놓아
집과 빌딩 사이로 다니는 곳

어쩜 이리도
가슴을 설레게 하는가

가끔은
명품 회사가
화사한 미소로 뽐내고

때로는
역사의 의미가
감동의 눈길을 보내기도 한다

박덕은 作 [감동의 눈길](2014)

파리

낭만적인 삶이
나비처럼
넘실대는 곳

날마다 각 나라에서 온
이방인들로
생기 넘치는 곳

에펠탑과 몽마르뜨 언덕 위엔
화가들로 가득하고
저마다 아름다운 그림 조각이
화려함 속에 빛나고 있는 곳

쎄느 강변에선
남자 여자 따로 거닐다
서로 눈이 맞으면
차 한잔 나누고 금방 짝이 되어
서로의 열정을 불태우는 곳

가서

직접 피부로
체험해 보지 않고서는
도무지 알 수 없는 곳.

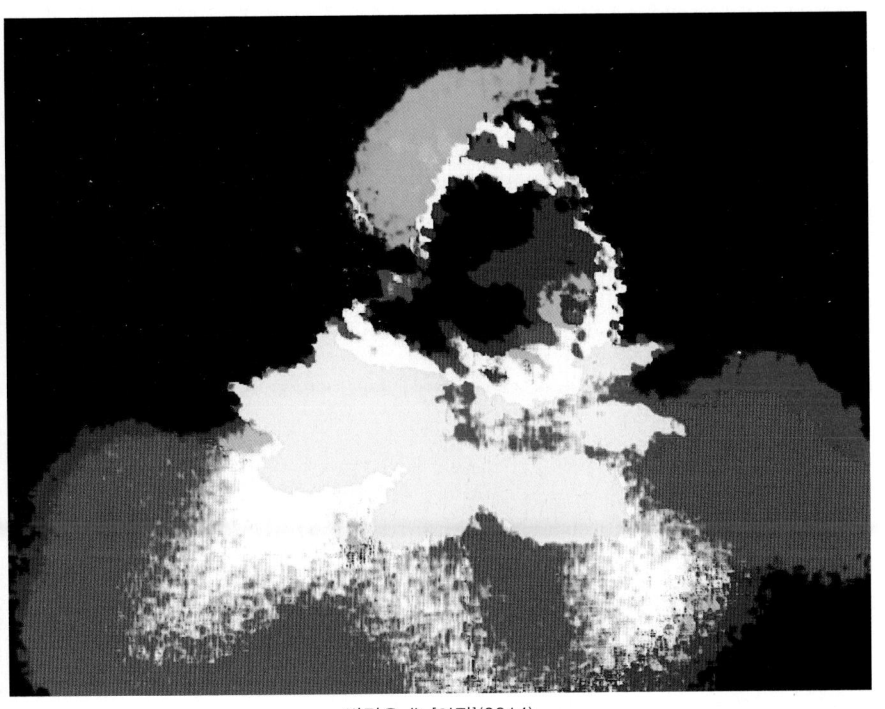

박덕은 作 [열정](2014)

터키

동서양을 잇는
아름다운 다리 위에서
내려다보니

이쪽은 아시아
저쪽은 유럽

그래도
아시아라 한다네

여자들은
애 키우고 살림하며
농사일까지 도맡아 하는데

남자들은
하는 일이 기껏
삼삼오오 모여 앉아
지나가는 여자들마다
힐끗힐끗 바라보며
하루하루를 의미 없게

보내고 있다네

이곳에서
태어나지 않았음을
깊이 감사했다네.

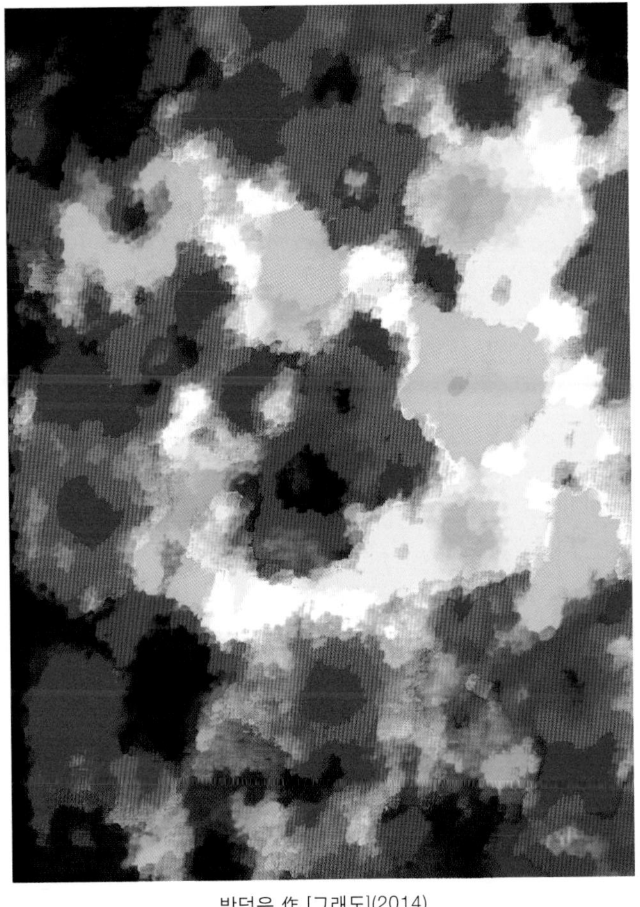

박덕은 作 [그래도](2014)

한실 문예창작 문우들의 작품집

오늘의 詩選集 **Series**

오늘의 詩選集 제1권

화장을 지우며
강만순 지음 / 144면

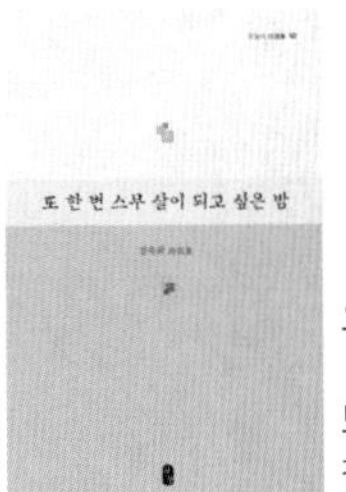

오늘의 詩選集 제2권

또 한 번 스무 살이 되고 싶은 밤
김숙희 지음 / 160면

오늘의 詩選集 제3권

사랑의 빈자리 될까 봐
박완규 지음 / 144면

오늘의 詩選集 제4권

유모차 탄 강아지
김미경 지음 / 112면

오늘의 詩選集 제5권

이 환장할 봄날에
신점식 지음 / 176면

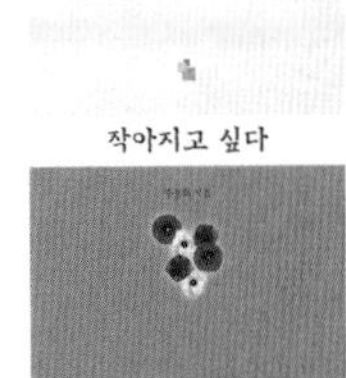

오늘의 詩選集 제6권

작아지고 싶다
주경희 지음 / 176면

오늘의 詩選集 제7권

가을은 어디나 빈자리가 없다
전금희 지음 / 176면

오늘의 詩選集 제8권

쓸쓸함에 대하여
이후남 지음 / 176면

오늘의 詩選集 제9권

바람이 열어 놓은 꽃잎
문재규 지음 / 220면

오늘의 詩選集 제10권

단 한 번 사랑으로도
이호근 지음 / 176면

오늘의 詩選集 제11권

할 말은 가득해도
최승벽 지음 / 176면

오늘의 詩選集 제12권

비밀 일기
박봉은 지음 / 176면

오늘의 詩選集 제13권

꽃만 봐도 서러운 그날
한실 문예창작 동인지 제8집

오늘의 詩選集 제14권

마냥 좋기만 한 그대
최기숙 지음 / 176면

오늘의 詩選集 제15권

풀꽃향 당신
김영순 지음 / 176면

오늘의 詩選集 제16권

유리인형
박봉은 지음 / 176면

오늘의 詩選集 제17권

보고픔이 자라고 자라서
한실 문예창작 동인지 제9집

오늘의 詩選集 제18권

첫사랑
김부배 지음 / 176면

개별 작품집

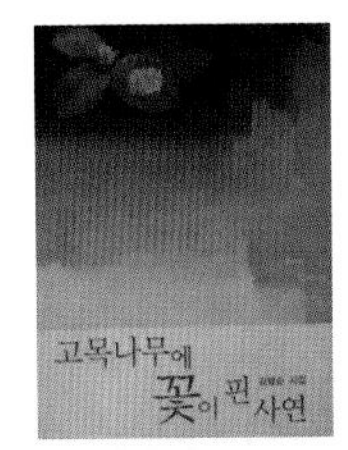

고목나무에 꽃이 핀 사연
김영순 시집

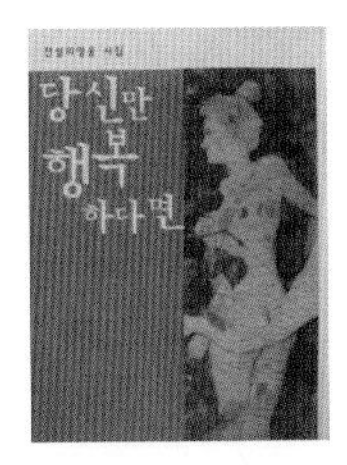

당신만 행복하다면
박봉은 제1시집

시가 영화를 만나다
장헌권 시집

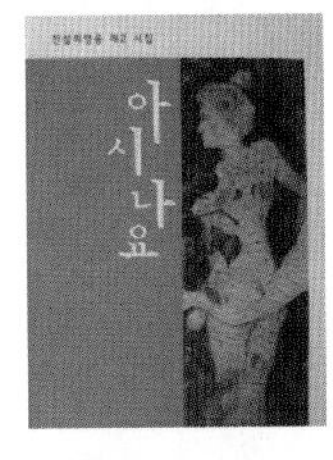

아시나요
박봉은 제2시집

하얀 속울음까지 들켜 버렸잖아
김성순 시집

당신에게.하나
박봉은 제3시집

세월이 품은 그리움
김순정 시집

사색은 강물 따라
권자현 시집

입술이 탄다
형광석 시집

내가 머무는 곳
신순복 시집

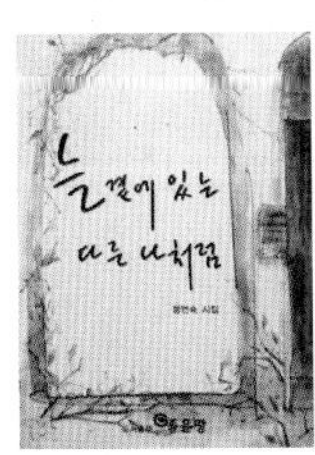

늘 곁에 있는 다른 나처럼
정연숙 시집

당신
박덕은 시집

한실 문예창작 동인지

한실 문예창작 동인지 제1집
『한꿈』

한실 문예창작 동인지 제2집
『한꿈』

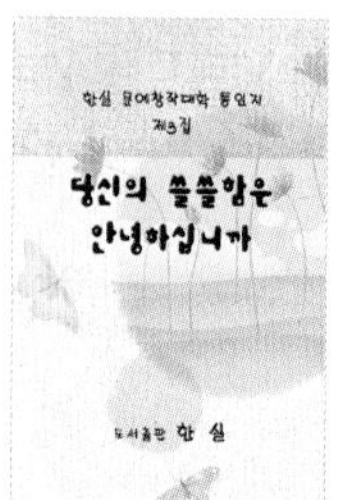

한실 문예창작 동인지 제3집
『당신의 쓸쓸함은 안녕하십니까』

한실 문예창작 동인지 제4집
『목련은 흔들리고 있다』

한실 문예창작 동인지 제5집
『그래도 한쪽 가슴은 행복합니다』

한실 문예창작 동인지 제6집
『좋은 걸 어떡해』

한실 문예창작 동인지 제7집
『아직도 사랑인가 봐』

한실 문예창작 동인지 제8집
『꽃만 봐도 서러운 그날』

한실 문예창작 동인지 제9집
『보고픔이 자라고 자라서』